U0856953

只有时间知道

ONLY TIME WILL / TELL

蕾拉小姐 作品

北京联合出版公司
Beijing United Publishing Co.,Ltd.

这次写作极为漫长，超越我的每一段旅程。

时间悄然记录下一切。

CONTENTS

目录

蕾拉小姐

PREFACE

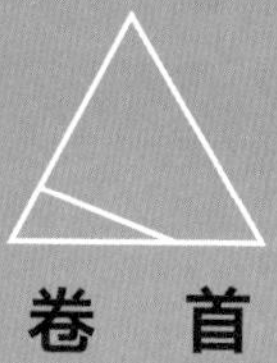

卷首

人生，过去的都是财富，迎接的都是可能性。

关于意义，先闭口不提

这次写作极为漫长，超越我的每一段旅程。

时间悄然记录下一切。

两年前，编辑找到我，与我商议写一本与旅行相关的书籍。我们约定半年内交稿，我觉得没有任何问题。可是真正动笔时，我整个人都慌张起来。

有什么可写的？这个问题迅速地蹿入我的脑袋，并引发了我的焦虑。事实上因为经常旅行，总有很多人问我一个问题：旅行给你带来了什么？说白了，就是旅行的意义。

Layla

开始吧！先忘掉意义，先闭口不提，踏上你的旅程，未来必现，意义也必将浮出地平线。

这个问题，太难。

可能我对“意义”这个词，有种天然的敏感，它好像肩负着巨大的使命，挟裹着某种目的。是追求感官上的冲击，满足猎奇心，获得审美休验，丰富人生阅历？……

我似乎从未如此设定。我经常没有明确的目标，也从来没有认真思考过为什么要做这件事，就像生命里很多别的选择，只是任凭脑子里的感觉左右行为，然后执拗地走下去。

我是个固执但是幸运的人，因为固执，会做一些任性的事，因为幸运，所以不会对那些任性后悔。要杜绝一些左右不定的摇摆，你必须让自己学会健忘，因为往往一个过去的细节会让你怀疑当初的选择。要做到不怀疑，你只需要记得当初你不知道怎么一拍脑袋就决定这么做，并且没有什么能够阻挡你。其他的，统统忘掉。

可能因为如此，我养成了不记事的“坏”习惯，常常被自己差到出奇的记性吓到。另外，就是更多地凭直觉做事。我的旅行，常常在出发的前一周甚至前一天才决定。因为枫叶红了，所以到东欧有河流穿过的小镇看秋天；因为雪

化了，所以把美国西海岸的国家公园串起来走一遍；因为看完一本把沙漠描写得很迷人的小说，所以计划了整个中东到非洲的行程。我最大的幸运就是没有牵扯脚步的顾虑，所以放任自己在生命中腾出这么一段时间，做完所有任性的事。

也是因为如此“任性”，所以当我开始动笔时，我怎么也理不出头绪。我没有小说家的天马行空，如何在龟裂的头脑里挖出一眼清泉？我的经验与感触太私人，是否能够唤起更多的共鸣？我要怎样修饰我的词语，才不会被误会、被曲解？对于表达，我向来有一些害怕。

事实上，人是没有办法很长时间无所表达的。沟通这件事，是人类作为这个弱小的存在，少数能得到慰藉的方式。不在乎沟通的对象，在乎的是深度和层次。所以最深层的沟通，应该是和自己的内心。但是这话听上去就有几分玄虚，它不是平易近人的，很多人大概一辈子也没想过它的必要性。因为活得通透并不容易，多数在半道上败下阵来的人，只会过得比寻找它之前还要迷惘。人要过得开心，就不能对自己有半点儿怀疑。

所以为了过得开心，我会不时停止对自己的探究，不再对每件事都赋予意义。也正是因此，我不知该如何写这本关于旅行的书。

身边的朋友总是不理解我为什么执迷于把自己放到陌生环境里。对很多人

来说，陌生意味着没有安全感。没有社交关系网，意味着孤独。也许我之所以能成为旅行者的原因，是我能给自己提供安全感，我不太在乎社交关系网，我不害怕孤独。陌生环境的迷人之处，在于伴随它而来的，是活脱脱的新鲜感。我深深知道生长在固定环境里、依附在一段稳定关系中的体会。当整个世界看起来都那么稳当，整段人生都渗不进太大波澜的时候，那样的打破，必定是颠覆性的。我庆幸自己足够好奇去迎接那样的颠覆。

曾经对这个世界有过几眼的窥探，就再也不甘于困在自己狭小的人生轨道里。因为你知道这个世界太大太大，不用担心容不下你的好奇和对各种人生体验的试探。而旅行，正是用来满足好奇和试探的最原始的方式。

去接受一个新的世界，你就不能带着多年来积攒下的成见。你曾经视这些成见为你的人生信条，并为此自得。但是成见会阻止你踏足新的领域，会成为胆怯的借口。在这个新的世界里，你应该是一个新生儿，全然无知，把以往对事物的认知退化到最简。在一个固定环境中，你积攒的无非是物质财富和对人际关系的依赖。而在这个广大的世界中，你要通过不断拓展的眼界，积攒越发包容的心胸，通过不断的发问和思考，积攒越发提升的思想。

我突然意识到，我写不出的旅行的意义，其实就在每次迈出的脚步里，在美好的夕阳模糊我的泪眼背后，在和善意的陌生人交谈时上扬的嘴角边。因为全然无知，所以乐于拥抱每个新鲜的文化、每个截然不同的价值观。这个赤裸裸的崭新的自己，正在贪婪地积攒人生的广度和高度，尝试重塑一个更让自己满意的人。

再回头去看走过的那些地方，旅行的意义突然在每个目的地的坐标上清晰起来。纽约通过它的淡漠和流动的人群，展示何谓萍水相逢，何谓人生际遇。西部公路教会人独处的美妙，阿拉斯加诉说着人和人之间的连接。还有自省，还有对期许的追求，还有爱情……每段旅程的背后原来都藏着它的意义，因为不想刻意追求而主动忽视掉的那些旅行的意义，是它们指引着我一次又一次地迈出脚步，缓慢却坚定地找到那个完整的自己。

人生，过去的都是财富。不管是悲伤还是欢乐，那都是每个人独特的人生体验，不可复制，也不能抹去。只要把它视作脚下高度的积累，必将搭载你走往更远的未来。而未来，只要还没有到来，就是各种可能性的混合体。在无数段平行宇宙中，你的一个不同的关键动作，都会将你引导到不同的未来。带着一个开放的态度，怀揣一颗孩子般的好奇心，你不觉得这个充满了无限可能的未来，无比美妙刺激吗？

开始吧！先忘掉意义，先闭口不提，踏上你的旅程，未来必现，意义也必将浮出地平线。

纽约，Let it be！

Laula

“每个人都有不可告人的秘密，有自己的渴求、欲望，以及难以启齿的需要。所以，日子要过下去，人们就要学会宽恕。宽恕，让这出情感闹剧具有深度和精神。”

——伍迪 · 艾伦《中央公园西路》

不得不承认，这个篇章，最难下笔。出发的时候我并没想过，会在纽约实实在在生活近一年。它不像那些脚步匆匆掠过的城市或荒野，它承载了人生最千头万绪的那几个月里无数段像乱麻一样的情感，即使最终，我和纽约还是成了彼此的过客。

朋友和我说，住在这里，你要习惯离别。而我在这里，真的学会了告别。

哪里有我的藏身处

在这里，每个人或许都有一大把故事，所以每个人的故事也都微不足道。

在那个巨大的人生转折面前，心里的声音告诉我，要去一个遥远的地方，逃开那些暂时还不能面对的现实，必须一个人走。第一个想到的，就是纽约。可能是太多时间花在美剧里，不知不觉已把剧情中那些情感体验套进了这个城市。*Friends* 里那群经历各种荒唐事也拆不散的老友住在格林尼治村，*Sex and*

the city 中纷乱的感情逸事都在西村和上东区的街道上空回响着。中央公园、时代广场、华尔街……这些远在他方的地名有时比门外的巷弄听着还要熟悉。没过多久，我已给自己办好了赴美的签证，与其说有了什么计划，倒不如说心里隐隐觉得那个发生了那么多温情故事的城市，多少也能带给我一些启发。

飞机快要落地的时候，正是夕阳西下的时分，我像所有贪婪的游客一样，看着机舱外那些既陌生又熟悉的景象。哈德逊河上的码头一片繁忙，波光粼粼的三角洲顶端是著名的自由女神像，远处地平线上耸立的几座高层建筑里定有一座是帝国大厦。在经过布鲁克林那一片顿显暗淡的区域后，就落地肯尼迪机场了，电影里多少异乡故事，都是从迈出机场的那一双脚开始的。

毫无准备的纽约生活就这么在华灯初上的时段开始了，我为初来乍到的自己选了五十六街一家距离多数景点都很近的酒店，并站在大落地窗前发了个长长的呆。窗外是附近写字楼里簇拥而出的下班人群，急急忙忙地在路上穿梭，急急忙忙地钻进地铁站。游客三三两两地站在街边的橱窗外，这条街，就是集结了全世界像我一样的异乡客的第五大道。

纽约最鲜明的标签就是它的高度融合，每天都有无数人从世界的各个角落会聚而来，怀揣着各种理由，路过或是留下，都不会引起太多关注。第一次我没有像个游客一样奔走于旅行书上的景点，而是忙着找房子、看学校。像所有大城市一样，纽约的骨子里是冷漠的，这里的人们更是因为环境的太过复杂而变得挑剔。曼哈顿的老式公寓常常要通过大楼管理委员会决定要不要接纳新的住客，你的履历、社保记录、信用积分都在评定的范围内。走进SOHO区精心装饰的店面，衣着和妆容都无懈可击的店员上下几眼就能把你的经济实力做个归类。在这里，每个人或许都有一大把故事，所以每个人的故事也都微不足道。

甩开一切跑出去才是唯一的解脱

直到现在再回忆这座城市，脑子里出现的还是那些铺着雪的街道，节日的餐厅里出双入对的情侣，西村老房子里敞开的窗和窗里暖黄色的灯光……

去的时候正是年底，大大小小的节日刚排好队准备轮番上演。万圣节、感恩节、圣诞节、新年，甚至为洛克菲勒中心那棵圣诞树点灯都可以变成一场万人空巷的演唱会。各式节日装饰裹在下着雪的街道上，对内心温暖的人来说是消遣，对精神孤独的人，成了种张扬。在这里，你必须强迫自己加入一场又一场狂欢，才不会在欢乐弥漫于整个城市的气氛中落单。

好在那段时间里身边有一群不离不弃的朋友，拉着我各处吃饭，在周末的下午到露天集市上晒太阳。那些朋友有的成了一辈子的挚交，更多的，是语校里那些短暂相逢、数个月后就各奔东西的同学。不知怎么，那段时间走得近的净是一些男孩子，也许是刻意想躲开一些情感上的絮絮叨叨。我们常常下了课约出去打桌球、打激光枪、混进剧院区的脱衣舞酒吧。这些同学往往年纪很小，揣着美国各州大学的入学申请来准备考试。大家买了热狗汉堡在树荫下聊着天、喝着酒，可能下个星期哪个人就要搬去另一个城市或者国度了，一别就再也不会见到。

记得那是一个周末，玩得挺好的一哥们要转学去佛罗里达了，大家约在他家附近喝酒。和曼哈顿隔了一条河的新泽西州，面貌大不一样，酒吧里有一支乐队在弹奏乡村音乐，一杯啤酒有半个脑袋那么大。喝完酒，酒吧也打烊了，

客人们一会儿的工夫就消失在空落落的街道里，四周出奇地冷清。计程车也没了，天上还下着小雨，大家站在门口商量怎么回到地铁站的时候，我不知哪儿来的冲动，突然撒开腿跑了起来。也许是酒喝得有点儿多了，也许并没有，我清楚地记得那个深夜有一股力量驱使着我不管不顾地向前跑着。胸口像是堵了一团东西，沉甸甸地膨胀开来，仿佛甩开一切跑出去才是唯一的解脱。

男孩们以为我撒酒疯，也都跑上来追我，平时太少锻炼的我哪里跑得快，每过两个街区就要蹲下来喘气。黑暗中一只手上来扶我，我说别管我，让我呼吸点儿新鲜空气好不好。那个声音就说好，我们陪你一起跑。于是这一路吵吵闹闹，或许还惊醒了沿路几户熟睡的人家。我记得当时我穿着一件在巴尼百货买的毛线大衣，蹬一双靴子，拿着皮包，看上去像一个不适合夜跑的都市人，可是我们在雨夜的街道上像疯子一样跑了好几公里，一直到地铁站。那天夜里几个当时最亲密的朋友，后来一个也没有再见到过。

直到现在再去回忆这座城市，脑子里出现的还是那些铺着雪的街道，节日的餐厅里出双入对的情侣，西村老房子里敞开的窗和窗里暖黄色的灯光……以及，圣诞节前后我们拜访一位日本朋友的情景。那位日本朋友住在皇后区一栋挤满了留学生的合租房里，大家都在纽约各处上着学或是漂着，大多来自日本。我们开了一罐又一罐啤酒，讨论日本麻将和中国麻将不同的规则。其中一个女孩说最近有个韩国追求者，但她担心不久之后的分离所以迟迟不肯答应。一个男孩突然拿出把吉他，说你们来点歌吧，我来弹。人群中有人喊出一个歌名，是 The Beatles 的 *Let It Be*。曲子的旋律流淌而出，大家默默地跟着唱，每个人的眼睛里都写着属于自己的情绪和故事。我听着熟悉的歌词入了神，第一次觉得这些穿越了四十多年时光的词句，离每个人却是那么近，近得像每天睁眼之后对自己的问话，近得像每晚入眠前翻来覆去的低声呢喃。

When the broken hearted people living in the world agree.

There will be an answer let it be.

For though they may be parted,

there is still a chance that they will see.

There will be an answer

let it be...

美西公路

自 在 独 行

一直觉得，有一些画面，是一旦出现在脑子里，就再也忘不掉的。

在美国西部荒凉的公路上，前后都没有车，只有我一个人，像是怎么也开不完这条路。这个画面就这么深深地刻在脑子里。走完这一趟，再也不怕荒凉。

独行侠的无奈和庆幸

绵长的公路一直延伸，加之初与自己相处时随时漫溢出的孤独感，仿佛永远开不到尽头。

这是我第一次自驾这么远的路。我并不认为去哪儿都要一个人是件好事，只因朋友们总也排不出档期，只好下定决心拾起行囊独自上路。刚拿到那辆崭新的 SUV 时，我往里面塞了一大堆的水和零食，似乎食物的热量能透过包装袋渗出来，暖一暖车里空荡荡的气氛。

上路了之后，发现身边的美国人都是这么独来独往的。这个民族大概由于居住的土地太广，早已习惯人和人间的距离感。自由和孤独，是他们骨子里的东西。

自己正是在这趟行程中爱上了徒步。一路上去的每个国家公园，都有很完善的徒步路线，清清楚楚地画在公园门口发放的地图里。有山的公园会有登山的路线，有湖的环湖，峡谷里的会在崖边上铺一条小路。徒步的时候，什么话也不用说，只顾均匀地喘气，合理分配自己的体力。当身体习惯了重复的动作，所有的行进，都发生在脑子里了。

徒步的时候是最适合整理思绪的时候。周围的莺飞燕语都是思想的和声，眼前除了脚下的路和远处的空旷，没有别的障碍让你分心。有时候我想心事，想着想着会大声地说出来，完成一次和自己的对话。有什么关系呢，在这个独处的世界里，没有什么能干扰你。

在西部开车也是这种感觉，特别是经过犹他州、亚利桑那州几个光秃秃的石质地貌区时。走了好远，视线里除了石头就是更多的石头，除了荒山就是更荒的山。早年西部一人一马走天涯的悲壮感都涌了上来。身边经过最多的就是房车，里面坐的都是老头老太太。还偶尔遇到一群摆着阵形的哈雷车队，帅气的头带下也是苍苍白发。电台里转了几个频道都是地地道道的乡村音乐，插播广告时，主持人说，如果你的儿孙们不想听你放的歌，就把他们踢下车。

每天赶路赶到日头西沉，把车往路边一停，找个地势高的地方拍夕阳。拍照也是和自己的对话，特别是只有一个人的时候，不用等，也不用赶。慢慢地找到最好的前景，以及阳光照过来最棒的角度。一点一点地调整光圈，让光线慢慢地进来，直到整个画面都晕成最美的色彩。黄昏的时候天光瞬息万变，举着相机的手一刻都不舍得放下。犹他州的石头森林，每处都有着嶙峋的形状，在越发偏色的日光中通红得似要烧起来。太阳下山时泛出来晚霞，温柔的粉和妖媚的紫，在短短几分钟里尽情地绽放再匆匆离开。越是留不住，越是不真实。

一直到天色黑得什么也看不见了，才肯再次跨进车里，在车灯刺破黑暗的光亮下慢慢寻路，找到一家沿途的旅馆住下。美国人太习惯公路旅行了，他们的汽车旅馆永远有简单却齐全的房间，门口就是车位，省去了行李搬上搬下的麻烦。前台的接待每天要见到多少来来去去的旅人，况且最狗血的故事总是发生在旅途上。他们漠然的表情背后是对人生无常的赞同，脑子里的记忆，已经够写好几部剧本了。

在美国，是真正可以做到以车代步的。从小镇到县城，放眼都是低矮的房屋，快餐店可以 drive-in（免下车就可以享受到服务），加油站里的便利店就能完成所有的补给。有时候开车开得累了，又没到住宿的时间，就把车往加油站一停，躺在后排座椅睡上个几个小时。周围车来车往，没有人会觉得这个异国的女孩独自睡在停车场里有什么不妥。这辆载着我跑了几千公里的座驾，此刻是最能够信任的伙伴。

不作死就不会死

我并不是一个好榜样，过盛的好奇心总让我深入危险，可人的幸运毕竟有限，所以当你看到警示牌时，请第一时间保护自己，远离危险。

除了开车，就是在国家公园里徒步了。我不愿意负重，所以睡在帐篷里的野营不会是独行时的选择。公园网站上会清楚标明哪些是当天能够完成的线路，再根据其难度分成不同的等级。不用说，那些能看到最美的风景，或是盘绕着最有趣的地形的，总是难度高的路线。虽然每条路线都有很详细的说明，但季节和天气的转变也会给路线的难易情况造成变化。

在黄石的时候，我一早就查到了一个能拍到“大棱镜泉”全景的拍摄点，就在它旁边的一座矮山上。这本不是什么有难度的路线，但因为我去的时节正是开春，很多冬眠醒来的棕熊和黑熊正在山里觅食，难免给进山的游客造成安全隐患。通往拍摄点的那条唯一的小路当天就封住了，告示上写着附近有熊出没。一般听话的游客这时候就该回去了，可我偏偏不听。花了五秒钟给自己壮胆之后就义无反顾地往里走了。公园的小册子上说熊一般不会主动袭击人，明知有人的地方它们会回避，只有狭路相逢的时候它们会把你当作敌人。这时候如果遇到的是棕熊，假死可能有用；如果是黑熊，就只能和它拼命了。为了提前杜绝这种尴尬的处境，最好的方式是制造一些噪声让它们知道此处有人。人多的时候可以大声聊天，一个人的时候，似乎只能一首接一首地唱歌。

我一边搜索着脑子里会唱的歌，一边观察泥地上留下的动物脚印。一旦看

见大型动物走过的痕迹，心脏就紧张得揪起来。越往山上走，越是树丛密集，可猛然间就见着一片开阔地，林子间的树折的折，倒的倒，还有许多被连根拔起。看这情形不像是守林人开的路，反倒是哪头不耐烦的野兽硬生生踩出的去路。我是再没有往上走的勇气了，赶忙摘了镜头盖抓拍几张，一边还用微微颤抖的嗓音哼着不合时宜的情歌。

自作孽的方式有很多种，除了冒着偶遇野兽的风险，再就是对天气的掉以轻心。整个西部我最喜欢的一条徒步路线在拱门国家公园，线路名字叫“Devil’s Garden”。那是一座彻彻底底的石头城，光秃秃的巨石块堆叠在一起，其中不少被风化成中空，形似一座座拱桥。“Devil’s Garden”是公园里最长的一条线路，穿过各种巨石阵，一会儿攀上崖顶，一会儿从窄缝里穿行。最有趣的是整个 17

公里长的路线中都没有路标，只靠每隔几百米的“玛尼堆”来指引。不知道要往何处下脚的时候，四处搜索一番，就一定有个石堆出现在你意料不到的地方，大笑一声后就乖乖地手脚并用地爬上去。

每个公园管理处都会提醒游客徒步时带上足够的水，我自我评估是耐旱的体质，再加上负重会加速体力的消耗，所以水是能少带就少带。那次进园的时候是阴天，我估摸不会太需要喝水，就装了个 350ml 的瓶装水出发了。前半程路途很精彩，对这种自己找路的模式新奇得很，壮观的景点也都集中在这路段，不知不觉就走完了一半。折返的时候，不想再走一遍原路，就找了条已经不大有人走的老路，自信满满地踏了上去。结果因为太自信，很快就走错了路。以为是游人踩出的小径，原来是条山羊道，引着引着就被引到了山崖上。

绕了一大圈才走回正道，往前又是一片光秃秃的沙地。这时候头顶上的云开了，太阳钻了出来。犹他州的阳光是会把人烤到没正形儿的那种，四面八方不是沙就是尘，连个能遮阴的树都很少。这时候瓶子里的水只剩几口了，我终于体会到沙漠里落难的旅人数着滴喝水的状态。缺水的时候眼前一片蓝幽幽的，声音也听着忽近忽远，从小就身体很好的我哪知道中暑的滋味。结果那天是怎么走回来的已经记不大清了，反正是走一步歇两步，小心地和自己说着话，不让自己昏倒，又乏力地只能小声呢喃。花了好长时间才终于走到有人的地方，顾不上脸面地要了人家瓶子里的水喝，还不敢说是自己压根没带够。能把人坑了的往往是自己的愚蠢，好险，活过来后又是一条好汉。

泪洒牛肉阳春面

当你身处孤独时，才习惯找到内心的自己，并与之对话。

一个人的旅途中一定会有莫名悲伤袭来的时刻。走了一个多月的某一天，快要到西方的母亲节了。车子刚好开到盐湖城附近，城中礼品店在电台里一通打广告，提醒你要给家人买礼物。我平时不轻易想家，可是每每看到别人其乐融融的画面，就会顿生孤独感。这种孤独，你平日里感觉不到它的存在，可是它随时都在积攒能量，等待着一个机会把你一举击破。它来得那么突然，又是那么巨大，你根本没有可以抵抗它的胜算。最可悲的是，你知道它不是什么外来的敌人，它就住在你的内心、潜意识里，它知道你的所有弱点，把你玩弄于股掌。

盐湖城里下着雨，见不到半点儿温暖的光线。我在城中一圈一圈地绕着，

对抗着心里的刺痛。突然看到几个中国字，每个大一点儿的美国城市都会有中餐馆，我寻思着去吃一顿中餐也许能排解一点儿孤独感。中餐馆的隔壁是日本拉面店，其实说不定压根是一个老板开的，但是人家拉面店的生意就好很多，门口还排着队。中餐厅里冷冷清清的，财神爷和招财猫一起上阵也没帮上多大忙，只有冷冰冰的白炽灯光和陶瓷塑像匀速地摆着胳膊的声响。我要了一碗牛肉阳春面，一盘忘了是什么的菜。其实在家也不吃这东西，不知怎么阳春面这名字就有股很地道的中国味，似乎很适合用来解乡愁。面条煮得有点儿过了，牛肉也不够入味儿。吃上之后，才发现我根本不是饿了，反而是满腔的情绪满得快要溢出来。于是偌大的一碗面条，总共没吃几口，净是一颗颗的眼泪往碗里砸，还要用头发挡着不让人看见。

一路上当然也会经过一些大城市。洛杉矶、拉斯维加斯、旧金山，在这些人声喧嚣的城市，有城市里才有的便捷和热闹，却往往忽略了自己内心的声音。所以我相信万物都是有气场的，在气场多且强大的城市里，人自然会变得渺小，只有在四周空旷的地方，心里住的那个自己才会怯怯地跑出来，说话给自己听。每个人都有自己的活法，想来我也不是什么隐士，可以远离城市生活。只是偶尔这么一次出走，体会完完全全的荒凉，让深藏在心里的孤独和质疑有机会出来，让你知道它们切切实实地存在，告诉你它们的诉求。这也何尝不是一场自我诊断和一次蹩脚的净化？

阿拉斯加

勇 敢 者 的 地 盘

Laula

There is a pleasure in the pathless woods;

There is a rapture on the lonely shore;

There is society, where none intrudes,

By the deep sea, and music in its roar:

I love not man the less, but Nature more...

—Lord Byron

这首拜伦的诗，摘自电影*Into the wild*(《荒野生存》)的开篇。或许导演觉得这种对无人之境的神往是整个故事的缘由和开端。而这部电影，却是我和阿拉斯加这块土地间的缘由和开端。

逆行者，你去往何处

阿拉斯加向世人展现的魅力，是急不可待的、铺天盖地的。我因一部电影而来，却因它本身而沉迷。

北美洲的西北角，西隔白令海峡，北临北冰洋，有三分之一的土地位于北极圈以内。这是地理概念上的阿拉斯加。这块冰雪皑皑的陆地长期以来一直是一个需要坚定的斗志才能和它相处的勇敢者的地盘，自从那些西伯利亚的游牧猎人南下而来，他们就没停止过和恶劣天气以及贫瘠大地的对抗。即使是现在，现代文明在这块广袤陆地上的开发也是有限的。冬日里，大部分的人类生活都被冻结，封路、禁运，北部居民要忍受两个多月不见天日的漫长黑夜，只有如鬼魅般的极光和他们做伴。

Into the wild 讲的是一个反叛者的故事，改编自同名小说。而小说的作

者正是受到真实故事的吸引，一路溯源到这个现实中的年轻人，Christopher McCandless。Chris（Christopher 的简称）生长在美国中产家庭，成绩优异，手捧哈佛法学院录取通知书，前途无量。正如大多数身体里都有反叛因子的现代人，他的征程开始于高中毕业那年。他捐掉自己的大学基金，丢弃汽车，甚至烧毁仅存的现金。他给自己起名 Alexander Supertramp——超级流浪汉，他成了个彻头彻尾的和自己“社会工具”身份对抗的陌生人。两年里，他在南达科他州务农、乘皮划艇从科罗拉多河挺进墨西哥、在安沙波列哥沙漠进行特种训练。一路上与人相遇，产生情感羁连，再告别。最后一站，他带着猎枪、有限的食物和必需品，以及无限的心理期许，来到这个真正意义上的荒野——阿拉斯加。

而我的阿拉斯加，却要现代化和方便得多。我在飞机落地的半小时内就坐上了租来的车，计划在二十天内从安克雷奇北上至费尔班克斯，折往东南方向到全美最大的国家公园兰格尔 · 圣伊利亚斯，再往南至苏尔德，最后返回安克雷奇。租来的车是辆福特 SUV，因为美国人总鼓吹自己的汽车结实耐糙。三个星期下来开了 4000 多公里路，其中开得最长的一天，只因为想看一眼晴空下的麦金利山（2015 年已改名为“德纳里山”）不间断地开了 1200 多公里，再加上中途遇到森林火灾封路，到傍晚时距离住宿的旅馆还很远。无奈在限速 60 公里的碎石搓板道上硬生生把时速拉到 110 公里，车子带着我安然到了目的地，当下就服了美国车的硬汉作风。

TRAIL
OF '98

安克雷奇以北三百多公里的丹纳利国家公园，是几乎每个旅行者都会停留的落脚点，北美洲的最高峰麦金利山就坐落在这公园深处。这个6800平方公里的国家公园只有一条黄土车道，允许内部巴士进入。巴士要在土路上颠簸六个小时才能到达最深处的营地，而丹纳利的精髓都在这条路上。除了巍峨的麦金利山和其他雪峰，还有最原始的生态，往往坐在车里就能看见咫尺之外的野生动物。棕熊母亲会带着熊崽们捕食，血腥的生肉味仿佛就要飘到鼻腔；狼群太高傲，要有很好的运气才能看见它们在原野上游荡的影子；驯鹿和角羊出现的概率就大得多，每每经过一处山崖就能看见移动的生灵，总能引来车上一片惊叹。

丹纳利国家公园，孤身荒野中

在阿拉斯加这片土地上，我更愿意做个独行客。

我和我的背包坐在一起，研究着手上的地图。到每个国家公园都选一条路徒步是我的习惯，丹纳利有很多适合长时间徒步的小道，需要在夜晚露营，我没有准备露营设备，所以只能拣短途的走。因为出发的时间有点儿晚，到站之后只有一个半小时的停留时间，再晚就赶不上回程的末班车了。后排几个学生模样的人在讨论着走个简单的环湖路线，拍些照片就回来等车。他们邀我的时候我拒绝了，执意选了一条能看见麦金利山的小道独自徒步。出门旅行的时候，结交朋友可以是一种乐趣，但在阿拉斯加这片土地上，我更愿意做个独行客。或许和Chris一样，这种与生俱来的性格确实常常会伴着独孤的表象而来。

我标记好地图，准备走到一片有河流的开阔地，耗时正好一个半小时。这条路径没怎么维护，看上去来的人并不多。我蹚过溪流，翻过石堆，盘算着以我的脚力应该能比计划中再快一点儿，可是一个小时快过去了，还是只能老远地听到河水的声音。再拿出手机定位一看，这才恍然大悟，原来地图上的一个半小时指的是单程耗时。倔脾气这时候上头了，想着都走了这么远，不走到目的地怎么能回去，于是加快脚步继续往前。到达河边的时候天还是阴着，远处的雪山被云团围住，河水也并不清澈，匆匆拍了几张照片，就急忙往回赶。回去的时候几乎要跑起来了，一边想象着赶不上末班车会有什么后果，一边又觉得不至于。这种侥幸心理真的很糟糕，总是让自己悬于危险边缘，常常因为运气好能够脱险，下一次又好了伤疤忘了疼。果然，在离出口还有两公里的时候，我老远地看见大巴开走了。

我这才有了倒竖汗毛的紧张感，跑回营地，确认那里已经空无一人，开始对自己哭笑不得。虽然在大巴上看着野兽捕猎是件很精彩的事，可当你孤身一人被困在荒野的时候就没有这种娱乐精神了。走出公园是不可能的，六个小时的车程靠双腿要几时走完。运气好的话能遇见几个露营者，也许他们会将就着容我睡一晚帐篷，不过天黑之前是我先找到同伴还是熊先找到我就不好说了。我开始沿着车道往回走，心里却并没有主意要走到哪儿，一个不太阳光的人格在狠狠嘲笑着——早说有这么一天吧！那个灰头土脸的身躯只好无奈地拿相机出来拍照，假装自己是个没有崩溃的游客。

巴士老太太和 Chris 的巴士

"有些人觉得他们不值得爱，他们悄然走开遁入空无，试着消除过往的罅隙。"

——《荒野生存》

所幸，好运气每次都来救我。

远处开来一辆车，是送完一批进山的露营者正往回开的巴士。司机是个叫 Wendy 的和蔼老太太，见我一个人又没带任何露营装备，很是吃惊。这班车不在行程表里，却是通往公园外的最后一班车，如果错过这班车我就真的回不去了。我很难不表现得激动，和 Wendy 聊起天来。这位老太太打小在中部地区的农场长大，随丈夫来到阿拉斯加，夏天在公园里开接驳车，冬天封园的时候给小学开校车。她的头发已经花白，儿孙绕膝，却还是没有停下工作。她说她一趟趟地开着这辆巴士不是为了生计，是为了生活。老太太是真的爱这块土地，她说每天的丹纳利都是不同的丹纳利，你来的路上遇到的带着崽儿的母熊，昨天和明天都不会在那里。无限的可能性和生生不息的生命，才是这个公园最大的魅力。路上她停下好几次，叫我看山崖上的动物。我们熄了发动机，盯着望远镜，琢磨那老远处的是捕食者还是猎物。休息时，她拿出自己做的三明治给我吃。

我在车子开出公园前最后看了一眼远处的麦金利山，雪山附近有一条斯坦佩德小径，是 Chris 当年走入荒野的地方。年轻人在白雪皑皑的冬季走向从林深处，找到一辆被人废弃的巴士，在那个被他称为“magic bus”的车里安了家。他狩猎、采集果实，过了四个月自给自足的原始生活。让人意外的是，几个月后一位进山狩猎的猎人在巴士旁找到他的尸体。根据遗留下的日记，他在春天雪水融化的时分被湍急的河水断了回去的路，他的半吊子植物知识使他误食了毒物，结果致幻、虚脱，慢慢因饥饿而死。也因此，这个年轻人的故事被截然不同的声音解

读，有人称赞他舍弃一切奔赴理想之地的勇敢，有人唏嘘说理想终敌不过现实，他抛弃了社会规则，却被更高明的自然界的规则愚弄。

我只知道，Chris 置身在比我困难得多的境地，碰到了比我差得多的运气。如果那个猎人早几个星期抵达巴士，发现的就不会是他的尸体。如今这辆巴士已经成了一个象征，许多人跋涉数小时只为了来看一眼，当初那个年轻人把最大的愉悦和最后的绝望都留在那儿的地方。车身上多了很多文字，都是友善的人们对他的悼念。其中一个是他的姐姐留下的，她画了一个代表无穷的“∞”符号，在两个圈里写道：My brother, I love you.

“有些人觉得他们不值得爱，他们悄然走开遁入空无，试着消除过往的罅

隙。”但他们不知道，他们正在被人深爱。

我在终点和 Wendy 告别，谢过之后，继续我的旅程。

永不落幕的狂欢

最美的风景一定是不期而遇的，任何计划都是徒然。

这一路，住过不少游客熙攘的小镇，也参加了不少游行指南上推荐的项目。在 Talkeetna 镇上可以乘坐直抵麦金利山的螺旋桨飞机，从空中俯瞰雪山顶峰；Fairbanks 的 UAF 博物馆大概有着阿拉斯加最丰富的原住民文化和动植物介绍；Valdez 的皮划艇带你到浮冰中间穿梭，以最近的距离接触冰川；Seward 靠近基耐峡湾，码头上大大小小的游轮载你观赏海洋生物，特别是成群的杀人鲸在游轮旁一跃而起的时候，此起彼伏的快门声简直无异于电影节红毯；雪山上的狗拉雪橇，即使在夏天也开展着这个冰天雪地里的运动，只是管理员说狗儿们还以为自己正在佛罗里达晒太阳。这些经历精彩归精彩，可是过后再想起来，未免觉得太常规。你自己的体会，完全淹没在众人之中。

反而是路上经过的那些无意的瞬间，会印在脑子里挥之不去：雨过云开的那一瞥、某座孤单单挂在山坡上让人无限遐想的乡村小屋、目光都不及的曼延向远处的徒步小路，还有难得看见的黄昏时刻，粉红黛紫的霞光照进峡湾深处，整个海面如仙了般地活过来……最美的风景一定是不期而遇的，任何计划都是徒然。

我在阿拉斯加最深的记忆，留给了兰格尔·圣伊利亚斯国家公园。这个全美最大的国家公园，面积有黄石的六倍，一条石子路蜿蜒进公园深处，直抵一个像营地般的小村子：McCarthy。临时订的住宿，没想到还有房间，这个看上去像是村里最像样的旅馆，由淘金时代的妓院改造而来，房间狭小但干净，带公用浴室。房间的窗子对着一家餐厅兼酒吧，在这深山里，没有别的娱乐，好在对美国人来说几瓶啤酒足矣。午夜，摇滚乐队的现场演唱，醉鬼的嬉笑打闹，重机车轰油门的声音……这场狂欢持续好久，似乎永远不会落幕。小伙子们在酒吧门口与女孩子搭讪，因为太想安静地睡一觉，暗自为他们的进展着急。

我并没有看到这场追女孩大戏的结局，在永不停息的热闹里，我沉沉睡去了，梦里是脚下的这片旷野，我一直走，一直走，看不到路的尽头。

第一次冰川徒步

Layla

最原始的饮水体验

靠近冰川，寒气逼人，蓝光耀眼，嶙峋的冰块像开出蓝花，妖艳迷人。

我在兰格尔·圣伊利亚斯国家公园报了一个冰川徒步的项目，遇见我的向导 Kirk。这个公园里的旅行者真的是少，那天去攀冰的只有我一个人，于是 Kirk 成了我的私人向导。这个看上去很有经验的大胡子男生只有 21 岁，大三学生，利用四个月的暑假来阿拉斯加打工。这个营地般的村子资源太匮乏，作为向导的薪酬又很微薄，Kirk 说他每次来都会带足四个月的干粮——大米和各种罐装食物。说是为了打工，其实更多的是冲着对雪山和户外运动的热爱，在不工作的时候，他常常带着帐篷一进山就是几个星期。我在那么多国家公园里徒步，找向导还是第一次，因为冰川上的环境从来没有遇到过，而且不用一些冰爪之类的工具也是上不去的。

Kirk 帮我固定好冰爪，交代了些技巧，我就急吼吼地自己爬了上去。对头一次登上冰川的人来说，眼前的景象甚是壮观。踩在脚下的是在漫长岁月中形成的积雪的造物，白皑皑一片，藏着水晶般剔透的蓝光。正值夏季，冰川表面部分消融，形成了溪流、深潭，甚至瀑布般的景象。这个冰雪堆积的世界，简直是那个需要长久演化才能完成的地表奇观的缩小版。我们随身带了一个冰镐，Kirk 会敲碎一小块脚下的冰面，拿深处干净的部分给我含在嘴里。冰川水有没有什么特别的味道，我是没品出来，不过这样原始的饮水体验着实让人难忘。

在冰川上晃荡了几个小时后，我突然有了新主意。之前在网站上看见这家公司有冰洞徒步的项目，可是要求有丰富的徒步经验，或是得到向导认可。我问 Kirk 愿意带我去吗，他说你看上去精力挺充沛的，应该没问题。我们当下换了去冰洞的装备，打听好大致的位置，就朝下一个目的地出发了。Kirk 说因为冰洞的形成原因和冰川的内部消融有关，所以位置总是在不停变化中，每次去都要先探一番路。我们越走离正道儿越远，不多久干脆拨开一片树丛钻到了荒山里。我想说这哪儿是探路呀，我们根本是在开一条新路。我跟着 Kirk 爬山、蹚水，从堆成山丘的石块中滑下去，再攀上另几座石块堆成的山丘，冰洞的入口就掩在流淌着雪水和泥水的山丘底下。

老实说我的体能远没到专业登山者的水平，只不过凭一股倔劲和很少的负

重，短途里还能胜任。这一路好几个小时的翻越，加上新鞋硌脚的疼痛，我渐渐觉得有些吃力。不过当冰洞出现在眼前时，所有疲劳都被忘光了。这是相互挨着的几个洞口，在泥水的遮挡下若隐若现，从外面根本看不出里头能有什么奇观。躲着落石冲到洞里，看见阳光钻进来打在碧蓝的冰壁上，才被震撼到说不出话来。那股神秘的蓝色，不知道大自然用什么样的审美才能打造出来，层次丰富，透着幽光。冰壁手感光滑，带着蜂巢般形状规则的棱角，把一切有形和无形的时间冻结在透明的结晶里。就着手电的光，我们能看见许多和着雪水一起被冻住的土块、碎石，还有来不及飞走的昆虫。再往深处走，连手电照出去的光亮都被吸收了,四周都是由无尽黑暗和无尽纯粹的水分子架空的地下通道。

贪恋地拍了很多照片，Kirk 告诉我该折返了。一从冰洞里钻出来，疲倦感又都回到身上。减轻负重的代价是食物和水也减量到最少，一天下来只吃了几包饼干，还有 Kirk 好心分我的一个苹果。就着半瓶水把苹果吃完，又拖着沉重的双脚继续上路了。在碎石中爬山真的很耗体力，脚底下永远没有牢固的泥土，小心翼翼地保持身体平衡的同时，还要对着滚动的石头逆向用劲，用一股冲力向上攀爬。几番上上下下之后，我们来到最后的一座山丘前，山的坡度很陡，但看上去不是特别高，山底是几块体积比较大的石堆，越往上越细碎。Kirk 绕着山丘观察了一下地形，问我是选择沿 S 形慢慢爬去还是直线往上攀。我掂量了一下绕路多出来的距离，觉得实在太累了，就跟他说直接上吧。Kirk 把外套脱下系在腰上，跃上石堆开起路来。

起先还能靠双腿使上劲儿，随着坡度越来越陡，碎石和松散的黄土开始在脚下打滑，我们开始手脚并用了。当手臂也开始要寻找稳定的石块带动身体用力时，Kirk 回头跟我说，你不是一直想尝试真正的攀岩吗，我猜这就是了。于是我们两个没有任何攀岩装备的人，在这座没有准备迎接来客的山丘上硬着头皮往上爬。其中那个门外汉的体能正在比她预期中还要快地消耗着，身体上的动作，已经全靠意志力在牵扯了。最后一段登顶的路非常困难，我在 Kirk 下方几米的地方固定住身体，尽量让四肢轻松一点儿，等他先翻过去。这时已经基本没有可以用来借力的物体，没有植物，没有稳固的石头，只能用鞋尖在山体里敲出一个个浅坑，把身体的重心放上去，小心翼翼地维持住平衡。Kirk 每往上爬一步，都会蹭落大量的碎石，而在他正下方的我只能用僵硬的姿势死死抓着山体，抵抗着迎面来的土和碎石，天知道当时有多狼狈。

那一刻，虽然离登顶很近了，但我沮丧地想，我可能无法完成。

“Happiness only real when shared.”

人类在这个世界上的羁绊，原来比我想的要复杂和深刻得多。

Kirk终于爬上山顶，他回过头想来拉我。可是我此时距离山顶还有十几米，体力耗尽，举步维艰。我试着向上再够个几米，可是手一放开身体就往下滑，只好再用四肢死死撑住。不知脑子里怎么还有地方放冷幽默，我冲着Kirk大喊，嘿，你看我现在这样，像不像蜘蛛侠……Kirk这时候开始有点儿紧张，他一面对我鼓着劲儿，一面把腰上的外套解下来，又脱下一件抓绒衫，两只袖子绑在一起当作一条绳索放下来。即使这样我还是够不着，再尝试放手，发现腿已开始发软，越来越使不上劲儿，身体的平衡看似就要维持不住了。这时候我开始盘算最坏的后果，好在这个山丘不算太高，我顺着坡滑下去也不至于有什么生命危险。只是山脚下的大石块要留意，如果一个打滑，身体失去平衡后换一个部位先下去，就不是闹着玩儿的了。

Kirk见我就快要放弃了，喊着说你再坚持一会儿，又退回去捣鼓了一阵。再把绳索放下来时，上面多绑了一个他的背包。这是一款专业登山包，伸展开有大概70厘米长，再加上Kirk尽可能地往前伸，我才觉得终于有戏了。身体在肾上腺素的鼓励下用尽了最后一丝爆发力，尽可能稳地将身体贴在山坡上，尽可能深地把手指插在石头缝隙里向上攀。当快要够着那根临时变出来的绳索时，我用双腿的最后一点儿力气完成一个旁人看来很微小，对我自己来说却巨大到不可能的跳跃，抓住了那根救命稻草。Kirk 快速地把绳索拽上去，当他终于够到我的手臂时，我清楚地记得那双明明比我还要年轻的手，死死把我抓住的样子。那一刻，我知道自己得救了，腿上的力气终于松懈掉，任凭自己被吊在半空中。那一幕如果拉远了看，就是悬崖边的老掉牙营救戏，只是自己成了那个命悬一线的角色，也不知该激动还是该崩溃。

我不记得最后是怎么被拖上来的了，只记得身体碰到平地之后，就这么脸贴着泥土动也不动地躺了有三分钟，像一条被海浪拍到岸上的鱼。身边的 Kirk 刚从惊慌中缓过神来，这下轮到他来开玩笑了："我每天一个人爬这些荒山出生入死的，这下终于有人来帮我见证了。"我很配合地大笑起来，这个今天早上还一点儿交集都没有的陌生人，突然就成了我的救命恩人。人类在这个世界上的羁绊，原来比我想的要复杂和深刻得多。

我突然想到 Chris 的结局。书里记载他在临死前留下求救字条，证明他在弥留之际是悔悟的，曾经毅然被他抛弃的文明社会，最后却成了他没有等来的救命稻草。现实中 Chris 如何思忖他这一生，我们是无从得知了。在我认为，他终究还是个天真的人，天真的人才能那么轻易放下自己的社会身份，通过极端的方式寻找精神自由的方式。也由于天真，才小看了自然的残酷，让几个失误夺去性命。好在这个世界上，本是包容不同的精神向往和追求的，Chris 的方式哪怕鲁莽，也得到了无数的赞许，给予许多人启示。不管是文学记录还是影视作品，都给了 Chris 一个最终得到自我升华的结局。是真实也好，艺术诠释也罢，Chris 在电影中用最后一点儿力气写下的那句话，却是圆了他一生的寻找，给了自己一个完满的答案：Happiness only real when shared! 幸福只有在与人分享时才变成真实。

寒风中的回音

Layla

2015 年 1 月，纽约，刚刚结束一个阶段的课程，距离下一次开课大约有五天的时间。梁朝伟周末飞去伦敦喂鸽子的梗已经被大家玩坏了，朋友圈一刷，到处都充斥着说走就走。我心想这种事情我最在行，不如任性地来场公路旅行，至于是去吃龙虾还是路边野餐，就再看吧！

阿卡迪亚国家公园：一路往北

曾经很在乎的一件事情叫成长，而寻求成长的方式之一，就是旅行。尤其是，说走就走的旅行。

冬天的纽约超级冷，每天坐地铁往返学校都觉得要消耗掉许多意志力，下了课也极少出门，大家都蜗居在公寓里、宿舍里，像冬眠的动物。为了让自己保持活力，我赶忙拉了同校的一个妹子陪我开车出去转转。东海岸过冬的地方挺有限的，多数人会选择往南到佛罗里达晒太阳，我们两个南方姑娘偏不，最后决定挺进最北边的缅因州去看看冰天雪地中的阿卡迪亚国家公园。

去车行提车的时候，小哥手一指给分配了辆道奇全尺寸 SUV，知道美国车大，没想到它竟然这么大，前边坐人，后边用来放雪板，塞十个我俩都不成问题。那姑娘前一晚还在发烧，为了让她少开点儿车，我以每小时 160 公里的速度狂

飙到天黑。大家伙开起来就是稳，怎么被风雪糟践也没觉着飘，越往北越是车迹稀少，800 公里的路转眼就到了。

此行的目的地阿卡迪亚是美国面积最小的一个国家公园，夏天旺季时以秀丽的海景和手臂粗的大龙虾闻名。这次去不是产龙虾的季节，每天都眼巴巴望着餐厅里的龙虾照片流口水。公园外的小镇上大概只有三家旅馆在冬季还营业，老板听闻两个姑娘风尘仆仆地从纽约赶来，眼里竟然有些意外。后来我们才知道，别说是这么远道而来了，连本地的居民都不会这个天跑来公园串门。我俩还沉浸在说走就走的豪迈情绪里，找了家地道的美式小酒馆吃了肉喝了酒，在铺了花格子床单的房间里躺倒了。

酣睡的时候刮起了一阵暴风雪，第二天醒来整个世界都改头换面了。没在北方真正待过，不知道雪下起来会是这样勇猛，像是画家的笔刷，一笔盖过就给所有景象换了颜色。小镇上蓝的房子、红的招牌、灰的路，现在统统换了外衣，也没了形状。我们扒开一层层的雪坐上车子，慢腾腾地挪到公园门口，连守园人都认定今日没有游客，早早地下了班。车子往里走，好几公里也没见着个人影，半小时后我们终于确定整个公园被我俩包场了。我微微打开车窗，寒风嗖嗖往车内灌，我不自觉地缩了缩脖子。

也是奇怪，冰天雪地里，寒风中，我仿佛听到了自己内心的回音，没有具体的语义，却带来了一种莫名的自在感。

发了一个世纪的呆

不是个贪心的人，于是只写了短短一行：2015, be better。

没有事先查地图，我们只管沿着主路慢慢地开，反正也没人催，往路边一停车一熄火就可以下车玩耍了。沿途有几个岔路口，篱笆被雪覆盖住，差点儿要错过。我们踩着厚厚的积雪下去，几个转弯，没想到眼前竟是一整片的海滩。两个姑娘下雪天都没遇过几次，更是从来没见识过大雪中的海景。空荡荡的海滩，只有起起伏伏的潮水和远处芦苇的顶端能依稀分辨出点儿颜色。潮水的声音此时听着尤其空灵，仿佛在和漫天的雪花对着话。两种状态下的水分子，一个在轻佻地跳舞，一个在低沉地咆哮，而这个画面里除了大海和大雪，其他一切都是静止的。绝对的深邃遇上绝对的轻盈，第一次见到这场面的我俩被惊到目瞪口呆。

这个在公园夏天应该是个玩水的好去处，每每从岔路口下车，往深处走去，就能看到另一幅美丽的水景。有的是海边的峭壁，整片的石墙都被雪水冻住，盖了一层剔透的冰。海浪拍打在冰壁上，声音轻透，连凶猛之势都被减弱了几分。有的是松柏掩映的河流，水面上漂了一块又一块碎冰，本该是倒映着绿色的水面，被天空和幽蓝的浮冰衬出深深浅浅的蓝。被阳光打得斑驳的水边，松柏依然在这个苍白的季节展示着层次丰富的色彩。我站在原地仿佛发了一个世纪的呆，耳边传来浮冰碎裂的声响。

最舍不得离开的一处地方，便是夏日里的一片平静的湖。湖的表面已被结结实实地冻住，只留一些石块堆在四周，几株只露了顶尖儿的枯树被埋在水面下。一大片平整整白茫茫的湖面，只衬了远处的青山，干净到一丁点儿杂质都没有，纯粹到了极致。偶尔刮过一阵风，湖面上卷起雪白的尘埃，像一只白色的兽，奔跑几步，再消失得无踪迹。我小心翼翼地在光滑的湖面上走，冷不丁还是摔了一跤。坚硬的冰硌得身上青紫，还没顾上疼，就用手指迫不及待地在雪地上写起字来。眼前的这个画面，实在美得太不真实了，我坚信只要对着这么美的画面许愿，就一定能够成真。

我不是个贪心的人，于是只写了短短一行：2015, be better。

其实我也一度怀疑过，这一次次的旅行，除了集邮般地收集风景到底有什么别的意义。所幸后来，在脚步的积淀里为自己找到了答案。

旅行对于思考真的很有帮助，脱离熟悉的环境，你才有探索的欲望，没有生活的模式化带来的安全感，你高高竖起久不用的触角，警觉地感知里里外外的世界。不是真的一阵风卷起就能让你参透一个人生道理，而是你身处这样的氛围里，接收周遭万物传达给你的信息，然后翻出你记忆褶皱里藏着的所有过往和读过的每一句话，拼命地，心无旁骛地，思考。

如果你足够用心，终有一天，你会在这样的思考里听见自己的声音。

伊瓜苏瀑布

流 水 从 来 不 回 头

Layla

黎耀辉和何宝荣的恋情无疾而终后，黎耀辉来到了他们曾信口许下的约定之地，只身站在伊瓜苏瀑布底下，不知道他是不是真的看到了所谓的答案。湍急咆哮的水流，仿佛隔着屏幕都能嗅到水汽蒸腾的味道。也许只有这样的咆哮才能冲刷掉这段交织在南美炎热空气中的纠葛吧。

寂寞的地标

一直以为我跟何宝荣不一样，原来寂寞的时候，所有的人都一样。

——黎耀辉

上大学的时候有一门视听语言课，老师会在每节课上给我们放一部电影，因为要分析镜头语言，所以总是不断暂停。我恨透了这种暂停，把连贯的情绪打乱了，学习专业知识无可厚非，只是我认为电影最美的部分就在于节奏。当然我也是通过这门课知晓了很多艺术电影，以及那些会讲故事的导演。王家卫和他的《春光乍泄》就是其一。

当时我无法理解黎耀辉和何宝荣那种带着自残和毁灭性的感情，两个香港人毫无目的地在地球最远端的阿根廷流浪，听着就不是个头脑清醒的开端。可是我记住了电影里不断流动的霓虹灯光，布宜诺斯艾利斯墙壁斑驳的出租房，厨房里兴之所至的探戈，以及站在伊瓜苏瀑布下的黎耀辉。

伊瓜苏，从此成了一个地标。

可惜，就在我要踏足阿根廷的前夕，因为遭遇抢劫，我遗失了阿根廷签证。虽然在巴西拿到了一张临时旅行通行证，但无法再申请阿根廷的入境签证。伊瓜苏地跨阿根廷、巴西、巴拉圭三国，但最气势磅礴的一段，西班牙语称为Garganta del Diablo，翻译过来叫“魔鬼的咽喉”，却是在阿根廷境内。带着些许无奈，我在巴西这端的巴拉那州落了地。

其实我对瀑布这种景观没有太大的好奇心，在美国的时候离尼亚加拉瀑布

不过几小时车程，也没有专程去过。总觉得水流从高处落下的美感并没有向远处延伸去的那般强烈，且瀑布下站满的游客也总让人无法走入意境。伊瓜苏，我单纯就是冲着王家卫来的。

这是一处国家公园，入口处像所有公园一样要买门票，会发公园地图和路线导览。来巴西的中国游客不算太多，有也多是成团来的，这偌大地方和我一样心里装着文艺情怀的看上去并没几个。公园入口有卖雨衣的，据说靠近瀑布的时候水汽大到会浸湿全身。好在身上没有哪个部分是湿不起的，就这么直接走进去了。

公园里有几条徒步栈道，沿着栈道走，不一会儿就听到了水声。原来以为瀑布都只有一段，以落差高度拼高下，结果进去才发现伊瓜苏的名气不只在高度，它是由几组瀑布群集合而成的一大片峡口，层层叠叠，一端连着另一端，而栈道的分布，让你可以由浅入深地窥探它。阿根廷的伊瓜苏，栈道多在瀑布顶端或下方，而对岸正好可以看见全貌。很难说哪种观赏方式更高明，但我隔着不算宽的一段河看着邻国阿根廷，这么近的距离却实在无法逾越，心里那份对丢失行程的伤感又跑了出来。

也许有些地方，你越想抵达，则越不达。

扔掉的那句咒语

黎耀辉，不如我们从头来过！——何宝荣

也是奇怪，当我一步一步走近瀑布时，莫名对这个自然界供人一瞥的奇景敬畏起来。我猜每个来这里的人都怀揣着各自的心思，但那急急俯冲的流水都没有一秒钟在乎，自顾自地在山壁上划出弧线，在和河流交汇的时候溅出一道道彩虹。自然永远是目中无人的，人，充其量只是看客。我在栈道上走着，眼里慢慢没有了游客，洪亮的水声充斥了脑袋。水柱的力量不可小觑，它的流量乘以重力加速度，形成了天然的杀伤力。哪怕和人隔离开了，你还是会被那冲击石头的轰鸣声和被风带来的水汽整个包裹。

我不再是个旁观者，我开始置身其中，而周围的一切，也渐渐消失了。

巴西的伊瓜苏，最远只到"魔鬼咽喉"那段马蹄形峡口的外围。一条栈道曲曲折折地从岩石上铺开去，让你可以远远看见峡口深处那万马奔腾般狂泻的水流，可是真实的样貌却被范围几百米远的水汽遮住了。只是在栈道上站一会儿，身上已被嚣张的水汽像暴雨打过般邋遢，人类单薄的躯体只有忍受的份儿，睁眼多看两下都难。远方那如魔鬼咆哮般的瀑布声，果然如它名字一般响亮，

那个凹陷的峡口就像一个张着的巨口，吞进方圆几公里所有的声音、光线、情绪，消化在一起，吐出浓浓的、不可捉摸的水汽。

沿原路继续前行，又一股水雾带来的湿气慢慢靠近，这里就是巴西伊瓜苏的顶端了。远远地看见一段百尺长的山体横截成直角，浑浊的河水毫无遮挡地从折角处呼啸而出，毫不留情地砸向山脚的石块。我想是它了，电影里那段冲刷了所有纠葛的水流，结果在王家卫镜头里被打上阿根廷烙印的伊瓜苏，真实的取景却是在巴西。我在瀑布脚下站了一会儿，全身已湿透，才想起来要找出剧照对比一下它的角度。照片里那个孤零零的背影，站在同样的位置抬头望着瀑布，看上去比实际还要渺小。照片下是被配上的电影台词：不如我们从头来过。

话是何宝荣说的，一遍又一遍，可是最后只身来到他们约定地点的这个人却是黎耀辉。他终究是不愿意接受一次次的旧事重演了吧，借这股决绝的水流切断回头路。听人说，一段感情里总是成熟的那个要受更多委屈和痛苦。在距观影多年后的现在，也对这段南美情事多少有了点儿认知。用感伤和旧情来讨饶是容易的，人性被造物主造成了念旧的样子，接受以往的惯性比改变要简单得多。这就是为什么电影用两个小时来重复相似的故事，最后又以地撼山摇的画面来做了结。在一往无前的流水面前，人类那么弱小，弱小到一点儿情绪就能将其覆灭。人的一辈子，都在和情绪抗争。

往外走的时候，脑子里还都是电影情节。我张开口小声跟着念：不如我们从头来过……念到第十遍，我便扔掉了这句咒语。

潜水，沉入无限的蓝

Layla

小船载着我们在碧蓝的海中间航行，船长停在一处珊瑚上方，让我们浮潜看水下的鱼。我穿着救生衣，戴着面镜呼吸管，像每个不会潜水的游客一样贪婪地把头扎在水里。那是我第一次看见海平面下的世界，看见鱼儿游在没有鱼缸限制住的广阔海域里，鲜活又日常。

像进入浩瀚无垠的宇宙

如果说旅行是为了躲开日常中的杂事，潜水则躲开了所有熟悉的生活方式。

在泰国的涛岛拿到第一本 open water 潜水执照时，我很确定自己今后会走上潜水教练的路。

我不是个天生亲水的孩子，小时候被带去公共泳池练习游泳，一直学不会蛙泳时把头抬起来换气，而且也不觉得在人堆中拨开一条前进的路是件多么优雅的事。每次的游泳课最后都成了嬉水时间。好在我胆子大，哪怕经历过几次溺水也没有惧过它。第一次去东南亚的海岛，当我进入海平面以下的世界，依然不会游泳更不会潜水的我像突然进入了一个新的世界。

满眼的蓝色、斑斓的鱼群让我惊得眼睛都不敢眨，流连在这个新世界连头

也忘记抬。回过神来的时候已经被海浪冲了老远，努力地往船的方向游，穿着救生衣的笨拙身体却并没有如我所想那样在前进。幸好被同行的人及时发现，拽着我费了老大的劲儿才拖回船上。结果人家一边喘气一边替我后怕，我却整个人沉浸在刚才的美景里，并暗暗发愿要更加接近大海。

至今我也想不起来是怎么学会游泳的，可能是被对人海的仰慕分了心，手脚顺从水流和浮力乱比画，结果就被大海包容了。考潜水证的时候，和大家一起住在学员宿舍里，每天伴着晨光出海。教练让我们熟悉潜水设备的用法，学会自己计算水深、方位和停留时间。虽然还是个新手，但已经开始留心今后应该怎么靠自己摸索潜水环境，适应各种水域。想到这个让人痴迷的世界将对我敞开大门，体内就涌上一股很久不见的学习干劲儿。

适应了每天出海的日子后，你就很难回到岸上了。这大概是每个热爱潜水的人都会经历的转变，是把他们一次次带回海边的情结。不管是艳阳天，还是暴雨大风，水下的世界并不会受太多影响。在水下难得看到鱼群风暴的那几次，恰是下着暴雨。潜水船在海上晃得厉害，频频卷起的浪把身上每一寸都打得很狼狈。穿潜水衣、戴设备的时候是被海浪折磨得最厉害的时候，船上呕声一片。那时候，你就只想抛开这乱七八糟的一切，钻进海里。海水温暖，慢慢地恢复体温，下潜之后你就再也感觉不到天气的残暴，水下一片平静。

有人说潜水时失重的感觉十分接近太空，四周苍茫又安静，水的浮力让你轻易地躲开地球引力，就像在浩瀚宇宙间行走。每天观察洋流的走向，择一处海面泊船，让自己进入到和陆上完全不同的世界。如果说旅行是为了躲开日常中的杂事，潜水则是躲开了所有熟悉的生活方式。除了穿梭于鱼群，看海里一落千丈的悬崖，很多时候我只是满足于周围那无边无际的广阔。四周是延伸向无限未知和无限可能性的另一个世界，水的颜色在脚下渐行渐深。有时候会盯着那个黑黢黢的远方失神，脑子里幻想这一片黑暗的尽头会是哪里，藏着什么样的生命和故事。当人身处地球上正确的位置时，才会认识到自己有多渺小。

像包容一切的母亲

海面上云起云涌，每一秒钟都是不同的景象，可是藏在深深海面下的，才是生命的最初原点和一切意义。

如今已对海底上瘾，每踏足一片新的大洋或者海域时，都会找机会去潜水。并不是每个地方都有最丰富的海洋生物，有时候海水冰冷到让人哆嗦，有时候洋流大到没有办法保持平衡，但体验不同的水下环境也是潜水的乐趣之一。特别喜欢夜潜，往往只有两三个同行的人。潜导关了店，往船上塞进好几瓶啤酒，船长把音乐开得巨响。出发的时候正是黄昏，海面反射着落日的光芒，一片金黄。当那个巨大的“鹅卵”渐渐落到海平面以下，天光像颜料染进吸水的纸一般，瞬息变幻了颜色。大海茫茫，避开了一切遮挡，让天空像倒扣的碗一般把小船罩在海中央。那么纯粹的自然，从天上到水下，都只属于你了。

夜幕降临，鱼群也变得安静了。很多人不知道鱼也会睡觉，它们睡着时就那么静静伫立在海中，一整片海域都安静极了，像时间被凝住存放进了博物馆。你在手电的光柱中寻路，比平时更近地观察鱼群，并小心不去惊扰它们。有时候潜导会让我们关了所有光源，黑暗之中有点点荧光浮上来。那是海中的微生物，在白天的光线里被夺去了光彩，只有绝对的黑暗才让它们妖娆美丽。大海像每一处陆上的环境，也有它的作息，也有生物们默契地轮岗交替。我就这样在神秘的黑暗里沉醉，多么想一梦不醒。

回到水面上，迎接你的正是漫天星斗。群星洋洋洒洒地挂在天上，用串联起的光源把四周照得明亮。潜导给每个人递上啤酒，大家躺在船头，吹着海风，听他讲述这些年是怎么从一块大陆迁徙到另一块大陆，怎么追逐着海洋更换居住地。我想我爱潜水不光是贪恋水下的景色，还是因了身边的这群人。他们无所顾忌，把日子过得纯粹。我们被圈养在社会里太久，久得忘记了自己来自哪里，忘记除了这个社会肤浅又浮躁的规则之外，还有什么更高的生命愉悦。而在海洋中寻找这些生命愉悦的人，应该比谁都自由。

一切的生命都是从海里孕育而来，大海是每个人最原始的母亲。然而自从我们进化出四肢后，就和这片母亲海域产生了距离，尽管再迷恋，也只能在气瓶的氧气耗光前回到水面上。每次上浮前的五米停留，是情绪最复杂的时候。头顶的光线清晰可见，船长在不远处等候，你知道水面上的世界一如往常，可是不知道自己有没有准备好离开。

这就是吸引我们一次次回到海洋的情结，是每次看到海洋就觉得其闪闪发亮的原因。至今我都觉得，如果哪天厌倦了一切，至少可以回归海洋，做一个以潜水为营生的简单的人。海洋有一种包容的魔力，像一位母亲，扮演着那个最后的避风港的角色。

海面上云起云涌，每一秒钟都是不同的景象，可是藏在深深海面下的，才是生命的最初原点和一切意义。这是一种周而复始，也是亘古永恒，一切都合理得好似我们的人生。

选择快乐，还是写作

Layla

一位英国通俗小说女作家一夜成名之后消失在公众视野里，记者带着摄像机去了她在郊区的大房子，其中一个采访的问题是，写作的时候你快乐吗？她说：“我从不为快乐而写作，写作的时候我从不快乐。假如可以在写作和快乐之间选一样，我宁愿选择快乐而不是写作。”

停止思想，即刻出发

没有人要求你做思想深刻的开拓者，何必逞强。

看到以上这番话时，我正在经历漫长的写作，本来紧绷的心突然松弛下来，仿佛有人温柔地拍了拍我的肩膀，在耳边轻道一句“take it easy”。

世上多数的创作，是制造东西，它基于巨大的不满足和欠缺。思考和辨析的人总觉得世界的真正意义还没有被自己掌握。一个人经历过痛苦并且把它写得非常清晰，那说明他在借助这种写作对抗痛苦。

不要羡慕透彻、深刻的人，假如可能，也别去做。很多人其实是没有机会和能力做一个浅薄而愉快的人。

原来要做一个快乐的人，势必要放弃所谓的“深刻”。正如大部分的哲学思考都导向无路可走的死胡同，没有人要求你做思想深刻的开拓者，何必逞强。

所以我任由生活被那些有的没的填满，一些是规划已久的梦想，一些是半路跑来的惊喜，还有一些改变，更多的是寻常。人只有适应了寻常，才能真正适应生活。在平凡中找到快乐，并没有听上去那么容易。

或许是刻意要寻找那些朴素不深刻的快乐，我翻出已开始积灰的背包，把自己丢到尼泊尔的大山里。没有什么搏命登顶的壮举，也不为了路上的诗情画意，只是很想单纯地行走，给自己画一条路线，享受每天靠近目标一点点的满足。

雪山之上，披星戴月

Annapurana 的大山给了我太多情绪，有的能夹在记忆里带走，大多的，还是像往常一样留在了彼处。

Annapurana 山脉的性格不激烈、不张扬，沿途都是青山、细水、小而粗犷的村庄，山民们蹲在自家门口，朝经过的外来者们微笑问候。你在这里贴贴切切地感觉到奢侈的物质有多么微不足道，你踏足在被树叶和动物粪便覆盖的泥土之上，你发觉这里的生活靠天，靠气象，靠和精神共鸣的那尊佛像支撑。朴素，却愉悦。

路遇一位坐在门口晒太阳的老太太，表情泰然。当我通过向导问她能不能让我拍一张照时，她对着相机做了一个最丰盛的笑容。一旁的家人说她八十多岁了，是村子里的寿星，她得意地站起来，挥动双臂、扭起腰肢舞了一段欢快的即兴舞蹈。

这一路上没有太多和雪山相处的时光。刚在 Ghorepani 安顿下来时，天上挂着厚厚的云，所以并不知道坐在这个村庄的旅馆里就能看见 Annapurana 南峰。

黄昏的旅馆小餐厅，柴火正旺的火炉，一杯自制柠檬茶，几场消遣的扑克。当隔壁座的人们发出惊呼时，才发现洁白耀眼的山峰正拨开云雾，在即将褪去的日光中打个照面来了。短暂一瞥，却是惊鸿。

Poon Hill 的雪山日出是整段旅程的亮点，起码攻略上是这么写的。当天的日出时间是 5 点 30 分，所以我们 5 点就要到达视野最开阔的 Poon Hill 山顶，这里距离旅馆有一个小时的上山路。3 点 45 分，向导来敲门，告诉我们今天会是个看日出的好日子，于是我用凉水冲了把脸就出发了。路上云淡风轻，星星缀满了夜空，仿佛能看到银河的形状。天色逐渐亮起来的时候，不知从哪跑来的云从各个方向挡住了雪山顶，甚至距离最近的南峰都被藏了起来。天象大于一切，哪怕你披星戴月地赶来，气喘连连。

第二天在 Ghandruk 醒来时却是完全相反的景象，第一缕光线透过薄薄的窗帘照在眼皮上时，整个房间都是金色的。Ghandruk 是一路上遇到的最风情的村庄，有石块铺出的平整路面，大片的花圃满栽鲜花，丰盛的玉米稻谷被挂在小楼墙上。我们被雪山折射出的光芒叫醒，天空蓝到渗出汁来，鼻子里都是草木味道的水汽。

就是这样，大自然愿意给你呈现什么，全凭它喜欢。

夏尔巴，身背全宇宙

做这个世界的旁观者，终有一天，你会在积累到足够多的世相里找到你所寻找的。

小时候学过一篇课文——冯骥才的《挑山工》，大概在颂扬他们艰辛的劳作和坚忍不拔的攀登精神。我心里的挑山工，黝黑矮小，沉默不语，眉宇间总上着一道锁，生活的重担压在他们身上，也写在他们脸上。

直到在山中遇到来往的挑夫，总算是化解了我的误会。因为他们，都出奇地爱笑，每次身负超过百斤的重物步履轻盈地从我们面前走过，他们总是憨然一笑，说一声“namaste”（尼泊尔人见面的问候语）。据说尼泊尔人的负重能力充满传奇色彩，男、女挑夫的平均负重都接近自身体重的两倍，简直接近人类极限。他们的工具不过是一根带子，套在头部，靠其支撑，再用背部负重，而后，就可以托起整个宇宙。

Lakpa是我在山间旅馆中遇到的一个挑夫，刚满18岁，他是正宗的夏尔巴人，祖祖辈辈在雪山上做挑夫和向导。Lakpa非常灵活，虽然不是我的背夫，却一下顶起我的背包送上楼。本以为他是想趁自己的客人休息后再努力赚点儿小费，没想到他竟然拒绝了，挠着头傻笑，说想找我聊天。

大概我本身就是个慢热的人，聊天的开端彼此竟有些尴尬。这时他突然问我要笔和纸，画下一个九宫格，填上几个数字，说，我们来做数独吧。我被搞得一头雾水，后来才知道他的数学极好，特别喜欢做数独和推理，他几乎自己出题，自己完成，在我面前进行了一场表演赛。据说夏尔巴人智商较高，我就姑且当他是在炫耀自己的智商吧！不过也正因为如此，我们很快热络起来。他一放松，就完全打开了话匣子。

Lakpa说即使是挑夫，也有天赋一说。比如他，就是个极有天赋的天才挑夫，知道如何省力，如果提高效率，如何减缓客人这一路攀登的艰辛。他是家中的长子，还有两个姐姐、一个弟弟，其中一个姐姐嫁了人，还有个姐姐也做了挑夫。弟弟还小，在数学方面也颇有天分，他说想培养弟弟做个数学家。曾经他遇到过一个很有钱的客人，是个登山爱好者，想请他做私人助理，他拒绝了，“跟着一个人，只能听一个人的故事，而跟着很多人，就能听很多故事”。

这个18岁的小伙子滔滔不绝，说得整座雪山都仿佛安静下来。他并没有看过外面的世界，可是通过聊天，他却构建了一个极为丰富的外部世界。那个晚上，他要求我分享一个故事，我一直琢磨着，走过那么多路，也遇到过那么多人，有没有一个故事能赠予他最多。他看到我犹豫不决，真诚地看着我说:“就说你生命里最快乐的故事。”

想到出发前，我一直在思考“快乐”，于是这一刻，我快乐地笑了。也许很久以后和别人说起最快乐的故事，这就会是其中之一的。

贝都因男孩的蜜与诗

Layla

古以色列人在埃及生活了400年并受到奴役，上帝指引摩西带领以色列人离开埃及，回到上帝应许给以色列人的土地——“流蜜与奶之地”迦南。摩西带领以色列人在西奈旷野流浪了近40年，却因为以色列人不信神，始终未到。直到120岁，摩西登上如今位于约旦的尼波山，遥手一指：“那就是应许之地。”

死海漂浮与路边野餐

干燥的掺着黄沙的风，死海宁静幽深的蓝，佩特拉玫瑰色的庙宇，还有贝都因人黑色玻璃般的眼睛，纯粹的颜色填充了每一个时刻。

美梦一夜后，我拉开窗帘面对死海，那抹幽深的蓝色在眼前晕染。此刻，我觉得自己是上帝的宠儿。

就在前一夜，我们在兵荒马乱中临时起意来到了约旦，获得一枚可爱的邮戳形状落地签时，还不知这趟行程将延伸至哪里。兴之所至，我们干脆租了车，夜行至死海，月亮又大又圆，照出海的轮廓，像在沉睡的巨大生物。夜里无法望到对岸，但我知道，那里是耶路撒冷。忘记是哪个诗人说的，人类半部历史都在这里啊。我是在无限的想象中坠入梦乡的。睁开眼睛这一刻，我知道，这个意外的决定非常正确，它带来了一场意外的惊喜。

在死海漂浮，好像是来约旦的一个必选项目，如果要找到一种形容，那就是“痛并快乐着”。你可以几乎毫不费力地在水面上浮起，完全不用担心不会游泳，只要全身心放松，轻轻躺上去，浮力就会将你托起。但是由于海中盐分过高，身上所有的细微伤口都会一并发痛，所谓的“伤口上撒盐”，没有比这一刻感受得更真实了。

漂着漂着撞上了一个金发小哥，他静静地躺着，张开双臂，保持着一个朝圣者的姿态，一双眼睛始终看着对岸。闲聊中才知道，他是一个自由作家，已经在死海边的酒店住了一个月，每天的生活很简单，漂浮半小时，写字八小时，他说那片“应许之地”每时每刻都在给他灵感。很好奇他脑子里的故事，他却只是莞尔一笑。在路上，学会分享，学会聆听，也学会不追问、不深究。和小哥告别后，我们继续开车出发。

南下沿途的海岸线、盘山公路、牧羊人背后若隐若现的村庄，整个公路之旅就像窗外一掠而过的风景，不时变幻的景色让你很难判断自己到底身处何地。沿路看到稀疏的树丛，被沙漠中萦绕不去的风吹成四十五度斜角，恍惚间你根本不知道是这些树掌握了巧妙的平衡感还是车子本身跑出了水平线。

驶进古城外那个叫瓦迪穆萨的镇子时，正是黄昏。我们把车停在坡顶看日

落，旁边是一个穆斯林人家，正在准备聚餐。伊斯兰教的斋月，每天从日升到日落的时间里信徒们是不准进食、饮水、进行任何娱乐活动的。六月的中东地区已是酷暑难当，顶着烈日工作，却不能碰水和食物，这样在外人看来不禁觉得残忍的教条，他们却是带着高度的崇敬在执行。太阳落下的时分，人们停下手头所有的工作，回到家人身边用第一顿“早餐”。同样，这样的融合也是那些忙碌社会里的旁观者们无法休会的。

和善的一家人邀请我们分享这顿“早餐”，在中学里教书的母亲带着她的五个儿女，一旁还有婆婆和叔侄一家。很有范儿的老师手里点燃一支烟，和我们说她的丈夫离开家去东非做生意已有两年了，孩子们很向往外面的世界，但或许一辈子也只是待在镇子上生活。她还说很高兴有外国人愿意加入他们的聚餐，最近的国际局势使得他们的身份总是被质疑。我忙说宗教问题不可能一概而论，况且在月亮初起的山坡上和家人聚餐，这样的时刻谁会想到什么国际局势呢……

但是很久以后再回想约旦和那个黄昏，却莫名感受到了那位妈妈的不安，她此生也许无法离开，还要在那片旷野兜转几十年，但她期待着孩子们未来能走出去，到真正的流着蜜与奶的地方，去自己向往的土地。她害怕，如果儿女们也不能……那一刻，我似乎懂了她那双黑色眼睛里的惶恐。

“No money，no honey！”

贝都因人酷爱自由而不受束缚的生活，豪侠行为是游牧部落衡量每个人道德的最高标准。他们还是天生的诗人，满嘴的蜜与诗。

这一天天，我们把全部的时间留给这趟跋涉而至的目的地——佩特拉古城。这个公元前 4 世纪游牧民族的都城，像所有隐蔽了千年的宝藏一样，在这个与世隔绝的山谷地静静躺了十几个世纪，被揭开面纱后惊叹了多少世人。这是一座凿刻在山壁上的城市，一条狭窄而神秘的峡谷是它的入口。200 年前，欧洲探险家伪装成阿拉伯信徒让人领来了这里，当他穿过悠长深邃的甬道，在山谷间不时的回声中看见山壁尽头透进来的光线，看见那悬在半空中的宏大神殿时，该是怎样一幅震惊和感慨的画面。

而领他进入这个神秘腹地的，是世代在这里栖息的贝都因人。

之前知道的所有贝都因人的信息，都来自电影里的海盗船长杰克·斯帕罗。知道这是一个不遵循世事规则的民族，心中装着自己的神明。中东和北非的贝都因人生活在荒漠里，放养骆驼和羊群，寻绿洲为居，永远只逗留在文明的边缘。这一切的信息，我都是在看到古城里男孩们那描得粗黑的眼线才联想到一块儿的。

那时我们在毒辣的日头下走了近两个小时，离下一个庙宇还有一段山路。一个叫 Ahmed 的男孩不停怂恿我坐他的驴子上山，那股执拗的态度看上去是不得逞不会放我走了。我攥着那点儿就要被瓦解的坚持，对他说，那能让我摸一下你的眼线吗？男孩大笑说这不是眼线，是我们贝都因人生来就有的。然后他吆喝着毛驴，驮着我们往山谷背后翻去。

说起来这些年骑过各种动物，象、马、骆驼，驴子在它们当中算是最不适合用作乘骑的。上山的路是没完没了的石阶，驴子因为身材矮小，蹄子传感到背上就是一阵阵的颠簸，速度跟人的脚步比起来也快不了多少。我一边忍着屁股的疼痛，一边还要自责太不注意体重导致身下的动物受累。Ahmed 说你哪里算重，我们载过几个美国大叔，一屁股下去都不够坐的，说完自己大笑起来。听得驴背上的我不知该松一口气还是该捏一把汗。

据说这些沙漠中的游牧人几个世代前发现了这个古迹，他们把古纳巴泰人的墓穴打开，用放棺木的石槽喂养牲口，在墓穴和神庙里生火做饭。他们一直把这里当作自己的家，哪怕约旦政府后来强制让他们离开，他们仍然在周围搭起帐篷，每天在景区里做游客的生意。“都是钱给闹的。”上山的时候我这么跟自己说，这男孩似乎钻到了我的意识里，看着我，口中念道：“No money，no honey，you want honey，pay money.”这一段即兴说唱，立刻逗笑了我。后来我发现，这些游牧人都是天生的吟游诗人，满嘴的蜜与诗。

好不容易颠到了山顶，都来不及多看几眼宏伟的圣殿，我们就在对面岩洞里的茶馆迫不及待地瘫了下来。说是茶馆，其实是个天然形成的洞穴，差不多是整个古城里最像样的休息站了。四壁上用挂毯做装饰，洞口土坡上垂下来的枝条阻隔了外头的烈日，还有一簇簇野花儿平添风趣。洞里空间宽敞，靠外摆了长桌和条凳招待游客，里面沿墙一排宽凳铺着毛毡，放着几支鲁特琴和手鼓，想来是常聚会的场所。Ahmed 看来是熟客了，拴好驴子就在宽凳上躺下睡起了午觉。

缓过神之后，我开始观察起经营这个茶馆的几个男人。他们都是精瘦的贝都因人，看上去 20 多岁，穿长及脚踝的袍子，裹厚厚的头巾，在被太阳烤得滚烫的地上赤足走路，这样的全副行头跟电影里倒是相差无几。他们显然要比日头下牵着牲口的伙伴风趣许多，时不时对游客发出几句调侃，然后被自己的调侃逗乐。不知道是不是因为眼线的缘故，他们的眼神总是显得特别犀利，黑黝黝的瞳孔里似一汪潭水倒映着许多东西。

没一会儿，对面的神庙下方传来游客的惊叫声，原来其中一个男孩不知什么时候已经蹿上几十米高的神殿，在宽大的廊柱和檐宇间跳跃着。男孩的身体在巨大的石头庙宇中显得那么小，每次跳跃的距离都看似是一道鸿沟，难怪站在下头的游客被惊得目瞪口呆。而他又是那么轻盈，一会儿双手擒住支点向上一跃，一会儿钻到人们的视线之外不知从什么地方又上升了好几阶，没多久就安安然地在檐顶坐着了。那一刻，我才想起来，他们才是，也一直是这座被遗忘之城真正的居民，在这里度过人生中的大部分时光。

“驴子、骆驼，送你做嫁妆”

日落的时候，男孩们会带着啤酒、食物和乐器在崖顶的帐篷里狂欢。

Ahmed 睡醒之后，我们继续往山谷的另一头前行。古迹到这里已经基本结束，站在高高的山崖上，你可以看到布满矮树丛的峡谷，群山在面前连贯而去，而视线的尽头，据说是隐约而现的死海。离开嘈杂的游客，男孩们也变得安静下来，坐在那儿动也不动，看着远方的眼神里不知道藏着什么情绪。他们领我

们到山崖上的一个帐篷里，一位年长的贝都因人泡了茶和我们聊天。男人的脸上被风霜刻出了深深的皱纹，他谈吐热情，指着身上几处笔画稚嫩的文身，说是他自己的作品。他用简陋的手针做器具，沾上贝都因人特别的颜料，帮附近的年轻人文身，还说他的文身带有古老庙宇里的神力。

老人向我们推荐了另一处叫小佩特拉的遗迹，Ahmed 说坐他的驴子过去只要半个小时，于是我们又上路了。结果当然花了不止半个小时，这段路因为还没有被修缮，通行特别困难，我们基本是和驴子一前一后地走着。Ahmed 又开始念叨他自己编的笑话。“No wife no life. Like the kitchen without knife, like fifty without five.” 我忍不住和他讨论起女孩儿的话题，我说你们在外面赚钱是准备回去给女朋友买礼物吗。Ahmed 大笑一声说哪里有什么女朋友，我们在这里给游客牵驴子只是因为我们熟悉这里、喜欢这里，每天走这么几趟就是我们的生活。

Ahmed 说他们就算没有生意也会在之前的茶馆里待着，和男孩们一块儿聊天，有时候整晚整晚地睡在那里。老人在崖顶搭的帐篷也是他们聚会的地方，日落的时候，他们会分别带着啤酒、食物和乐器聚集在那里，以各种理由欢庆。他给我看手机里的视频，有人用便携音箱播放阿拉伯音乐，每个人都沉浸在自己即兴的舞蹈里，忘乎所以。他指着一个白人姑娘，说她原本是来这里的一个

游客，因为爱上了其中一个贝都因人，长久地留了下来。我这才反应过来他一路牵着驴子和我说他们家有几头驴子、几匹骆驼，如果我喜欢这个地方他就送给我做嫁妆之类的话是什么用心了……

在通信发达的今天，哪怕是再传统的民族也能接触到来自世界各处的信息，这个年纪的男孩，没有好奇心是不可能的。我们终于走到那个叫小佩特拉的地方，这里才是真正属于他们的古老地盘。Ahmed 和门口的守卫说了几句话就把我们带进去了，他和另一个男孩熟门熟路地指给我们看雕刻精致的神殿、贵族墓穴里的神龛。空洞洞的墓穴顶端已被熏得焦黑，像是一次次篝火的痕迹。我禁不住想象，政府没有强制贝都因人搬走前，这里大概就是他们的家吧。

天色渐渐暗下去，Ahmed 问我一会儿有什么打算。当天晚上是佩特拉之夜，古城里将点起上千支蜡烛，照亮卡兹尼神殿前的广场，神秘的祭司会为大家奉上来自古老宗教的祈福。Ahmed 强烈邀请我们坐他的驴子到神殿对面的山顶上，说那是一个只有本地人知道的通道，能看到更壮观的场面。仪式前还能去他们的帐篷里聚餐，他会带上自己烤的鸡和土豆，我们可以一起就着啤酒跳舞。

对我而言，这一天的驴背之旅该告一段落了，这时候只想好好洗个澡，在松软的沙发里缓一缓屁股的疼痛。我和 Ahmed 说我们先回旅馆歇息一会儿，晚一点儿再商量聚餐的事。他把我们送回旅馆门口，并再三确认我们已经记住了他的联系方式。告别的时候，他玻璃球般的眼珠盯住我，说那么一会儿见啰，别忘记，驴子、骆驼，都是你的！

钻进大地的裂缝，走入人群的深处

这里的山为他们而青，这里的日落为他们而壮美，触到故土的脚，早已有了它的方向。

那天之后我们并没有再联系他，我自然也没得到那些驴子和骆驼，no donkey，no camel！

天黑以后，我们徒步去往古城。白天热得无法忍受的沙土路这时候开始冷却下来，路两旁是一个接着一个的牛皮纸灯笼，指引人们向深处走去。

进入峡谷之后，再也见不到那发白的月亮和星光，我们似是钻进了大地的裂缝，被完全隔绝在那狭小的缝隙中。只有曲折小道边的点点蜡烛，把闪烁的烛光映在山壁上。整个峡谷，被红色的烛光变成一条向前不断铺开的丝带，山谷里静得只有自己的脚步，甚至是呼吸声。一公里多的路，不知道摆了多少支蜡烛，当你以为再也走不到头的时候，更强的红光迎面而来。看过白日里的神殿，你以为再也不会被惊讶到了。但这密布着无数火光的广场，这漆黑中被映得通红的巨大庙宇，从甬道尽头劈头盖脸地冒出来，不知不觉你已站在人群深处，成了广场上哑口无言的人群中的一员。

我们没有赶上仪式，但那充满神秘气息的氛围比任何语言都有力，比任何奏乐都悠远。我们在卡兹尼神殿前驻足了很久，我突然下意识地往对面山头望去，不知道那个贝都因男孩是不是正站在那里，远远地看着这些人，看家门口的阵势怎么引得人一阵阵惊叹。人群中每天都有新面孔，而身下连绵的山谷，才是几个世代传承下来的财宝。这里的山为他们而青，这里的日落为他们而壮美，触到故土的脚，早已有了它的方向。

撒哈拉

既 然 留 不 住

Layla

儿时读三毛，并不懂爱情，可读到此，便觉得这是世上最浪漫的事了。那么干净，那么寻常。那时就想着，以后我是要去撒哈拉的，去看看三毛和荷西驻足过的撒哈拉。

一头扎进撒哈拉的风里

我嗅到了撒哈拉的味道，是热情的，又是从容的。

车子翻过阿特拉斯山脉，越往南开，越发荒僻起来。我摇下车窗，贪婪地看着掠过的一排排房子。炎热而干燥的风，挟裹着沙粒，扑面而来，在我的肌肤上跳舞。没错了，这就是撒哈拉的味道，是热情的，又是从容的。同车的人一脸不解，他们哪里知道，藏在这个中国姑娘心里的那从十几年前就开始的对这片沙漠的念想，这股念想给了她多少力量。

说到这次的沙漠之行，真是充满了各种巧合。原本的行程里没有安排这一站，从国内出发时，摩洛哥政府刚刚宣布对中国游客免签。在埃及的时候，我们决定去东非草原看动物大迁徙，于是跟着向导在开罗迷宫般的小巷里乱窜，终于寻到一间可以接种黄热疫苗的小诊所。在贴着豹纹壁纸的风格诡异的诊所里，护士给那个进东非必备的小黄本盖上章，告诉我们黄热疫苗十天后生效。于是这多出来的十天，我们决定花在撒哈拉。

马拉喀什是进撒哈拉的大本营之一，本想在那里找一间旅行社报个沙漠团，可是满街的叫卖和推销让人实在不能做选择，最终折回到旅馆前台求助。笑盈盈的前台小哥说现在已经进入酷暑，还赶上斋月，很多沙漠团都取消了。但通过他的关系能帮我们联系上一个沙漠营地，私密、服务周到，一定会给我们的沙漠之夜留下难忘的印象。于是两天后我们朝那个叫Erg Chigaga的地区出发了，始终没办法好好念出这个名字，想到金・凯瑞喜剧里的桥段就要发笑。

结果车子一开就是十个小时，在山路上转得我再也笑不出来了。

中途经过一个叫Ait Ben Haddou的小镇，车子总算停下来让我们歇口气。这个地方貌似做过几部好莱坞电影的场景，不过吸引我的却是那些糊在泥土墙上的门。门背后的空间，就是当年三毛描述沙漠生活里的样子。有摩洛哥人的地方就有买卖，我们经过一扇敞开的门，里间的墙上挂着牌子，上面说付10迪拉姆就可以入内参观。我们都没有带钱，可是我实在太好奇了，于是走进最外面的那个房间。这里应该就是沙漠住宅的起居室了，内墙同样是用泥土糊起

来的，只是没有刷上颜色。方方正正的房间里，有两扇通往不同方向的门，头顶上方有一个方方正正的小洞，用作天窗。没错，跟书里描写得一模一样！我站在那里仰头看了好久，天窗的玻璃上除了一层薄薄的沙什么都没有，可是我分明看到帮三毛家里做工的那个哑奴，躲着夏天最毒的日头，用女主人递来的水润他干涸的嘴唇。

三毛，我的引路人

原来在极致的美景面前，一切试图记录的举动都是那么无谓。

三毛不仅引领我来到撒哈拉，还是最早启发我行走梦想的人。那时候世界于我还是那么小，这一段段的文字，描述的真的是我所在的这个星球吗？同样的语言，道出的却是多么不同的生活啊！当时我跟自己说，如果哪天也能像这样去看世界，该是怎样奢侈的幸福。你看，梦想总是要有的，说不定哪天就实现了呢。

天色渐渐发黄的时候，我们驶离了最后一个有人居住的小镇，驶进茫茫大漠。四驱车在起伏的道路上颠得疯狂，可是我一刻也不能移开视线。那片红色的沙丘，一直延伸到视线之外，仿佛永远也不会有尽头。一切是那么荒凉、粗野，一副不给人生机的高傲姿态。可是黄昏是那么棒的调光师，把这片土地上的万物徐徐刷上暖色调，再凛冽的景色也缓和下来。抵达营地时，日光正变得金黄。司机停在一排竹篱笆前，说你们到了。

等等，什么叫到了，我没看见任何房子啊？下车一看，真的惊呆了。这个所谓的“夏日营地”整个就是敞开在天地间的一张床啊！迎面来了三个男子，其中一个自我介绍说是这个营地的“管家”，会照顾我们起居。他领着我们翻过一个小沙丘，对面就是露天的洗手间。一片空旷之中摆了一个简易坐便器，旁边的铜架上倒是毛巾、洗浴用品尽全。地上两个不大的桶，盛了洗澡用的凉水，另一个小壶挂在脸盆上方，洗手的水也有了。

还没有从震惊中反应过来，管家从冰桶里拎出一瓶葡萄酒，说再不走要错过日落了。于是我们匆匆跟上他的脚步，向不远处最高的那个沙丘攀上去。

眼看着刺眼的太阳慢慢退到层层沙丘之后，明晃晃的光线也变得越发红起来。细滑的沙子总是吃不住力，一踏上去就像流水一样泻下来。我们一边艰难地向上攀着，一边拿相机扫着眼前这片无从描述的美景，目光所及的一切都那么惊艳。管家用不可思议的速度早早到了沙丘顶上，我落在最后，还在贪婪地按着快门。可是登顶的那一刻，相机却举不起来了。原来在极致的美景面前，一切试图记录的举动都是那么无谓。最大的震撼是直抵内心的，源于无从考究的虚无，作用于无法细述的感官，那样的波荡要如何通过区区一张影像来表达。

于是我们坐下来，开了那瓶葡萄酒，静静地看着天光在短短时间里将色彩戏耍到淋漓尽致。

每一次睁眼，就看见银河往西移动一点儿

人的很多烦恼，都源于“留不住”，可是星辰每一秒都在移动。生命也是，在流动的生命中寻求永恒，难道不是庸人自扰？

当星星开始冒出来的时候，我们收了酒杯往回走，心想着怎么在连绵沙丘中找到藏着的营地，结果老远就看见前方一条闪着光亮的小道。原来管家让人点亮了营地的蜡烛，从床前的篝火堆一直引到露天洗手间。在桌前坐下，就是晚餐的时间了，没想到在看似什么都没有的沙漠里他们竟然变出一桌子热腾腾的饭菜，居然还那么美味。这群沙漠里的人啊，真是小看他们了。

一边饮着杯中酒，一边抬头，惊异地发现星星已经布满了整个天际。多么繁密的星群啊，第一眼已是惊艳了，当眼睛更加适应黑暗时，却发现越来越多的星光显现在天幕上。闪烁的光亮间，一条白色丝带逐渐浮现出来，似在流动，又太过缥缈。几秒之后才反应过来，那是银河啊……原来银河可以离我们这么近的，就像挂在那儿的一幅画，默默地装饰着整片天空。

凝望越久，越觉得这分明是一片流动的星星的海洋。不时有流星坠下来，刚开始还忙着许愿，再后来，只是会心一笑了。深夜里，刮起阵阵小风，冰凉

的沙子被风夹着蹿到床上来。睡不踏实，于是频频醒来。每一次睁眼，都看见银河往西边移动了一点儿。迷迷糊糊中，觉得那哪里是银河啊，藏在后面的，真正在移动的，是整个宇宙，是虚无的时间。最后一次睁眼，天色已经变紫，两匹骆驼在沙丘顶上默默地守候着，等着载我们去迎接日出。

沙漠之旅在日升日落间就这么结束了，匆匆告个别，又要赶十几个小时的路回程。如果说长期的旅程能教会我什么，那就是在短暂的时间中找到美感。匆匆一瞥，不一定比长期的守候遗憾。永恒是个太大的词，不是轻易能够被承载的。反而是那些瞬间的美好，构成了生命中的大部分快乐。人的很多烦恼，都源于“留不住”，可是星辰每一秒都在移动，生命也是，在流动的生命中寻求永恒，难道不是庸人自扰？拥有瞬间的美好已是不易，与其烦恼怎么将之留住，何不只是好好享受？

东非草原上的刀光剑影

想象中的非洲是一片黄土，地平线上稀疏的几棵树，身材精瘦的土著人眼神凛冽而神秘，生灵呼啸而过。那该是一片荒芜之地，而越是置身荒芜，越能见到自己，见到众生。

死亡从不会悄无声息

"太阳所能照到的地方，都是我们的国土。"

——《狮子王》

飞机在东非草原上空盘旋时，满眼都是大片大片的色块，青绿连着墨绿，再连着金黄，比我想象中斑斓。而点缀其间的密密麻麻的黑点，想来是正在迁徙的兽了。

非洲虽是一块广袤大陆，但似乎一直未被现代文明侵蚀得太厉害。或许是因为自然的严酷，猛兽的盘踞，原始部落的凶悍，这些既阻挡了渡洋而来的殖民者们拓荒的脚步，也守护了先祖留给这块大地的遗产。总之，这里有着最接近原本样貌的生态和自然。虽然它离人类文明有些距离，却是另一种文明的天堂。那是一种更崇高的文明，我们的所有社会规则都是从它孕育而来的，它就

是从混沌宇宙之初就主宰着一切的物竞天择。人类在飞速进化的时候，它也一刻没有停下自己的钟摆，被科技造福的人类和被原始欲望驱使的兽，都在这双看不见的手的指引下，按照既定的轨迹行进着。

去草原的时候是盛夏，正值最壮观的动物大迁徙的季节。彼时只有在电视屏幕里看得到的一眼望不到边的兽群，正在雨水的召唤下横渡马拉河，向草木更丰茂的对岸大行军。那几天，乘着吉普在马塞马拉和塞伦盖蒂的林间游猎，时不时会看见藏在灌木丛里的花豹、水池边瞌睡的河马、旁若无人地行进在草原上的象群。虽然眼里见着的是动物，脑子里一刻不停地想着的，却是人。

《天才在左 疯子在右》中有一个案例，一位被诊断为精神病人的小女孩，说她看见的每一个人都是不同的动物。爸爸是鱼，自己是鼹鼠，而她对面的作者，是一只硕大的蜘蛛，每一次整理思路的时候都像蜘蛛在仔细织它的网。关于精神病人的世界到底真实与否，那是更深层次的讨论了，但这种看穿人类外衣，直抵人本质的“特异功能”，我真真认为是可爱又很高明。每一个人，何尝不是拥有自己的动物属性？

别说是个体，放大一点儿看人类群体的行为，也是充满了动物性。草原上浩浩荡荡的迁徙队伍，每一个物种都能套上人类的脸谱。大军的主力角马和斑马，指代着社会中最中坚和广大的人群，受冥冥中某种力量的指引，不停息地追逐更适宜的生活环境。这个力量放在自然界是气候和天象，放在人类社会，就是利益。食物链上层的肉食者们，对应着现代社会的精英，他们根据手段的高下选择自己的猎物，获利者生存，失手的，同样是灭顶之灾。而且你看那些吉普车里的“长枪短炮”，总是能把它们围堵到水泄不通。享受荣耀的人，头上的光环也一定夹着荆棘。

马群渡河之所以能成为壮观的风景，一是因为它的规模之大，你目之所及的原野上填满了这群迁徙的主角，所有个体的动作汇集在一起，成为一个巨大

的语汇。另一个原因，是它的惨烈。每一次的渡河，都是一次竞争，和对手们的竞争，和生命的竞争。马拉河里蹲守着不计其数的鳄鱼，每一次涉足，都可能直接踩进张着的血盆大口。而徘徊在四周的肉食捕猎者，正用冷峻的眼神巡视着，随时偷袭那些落单的生灵。当地向导和我们说，每一次大迁徙，只有百分之三十的幸存者能回到出发地，但即使知道情况的凶险，它们还是年复一年地踏上同样的路线。因为这个大群体的宿命，就是服从自然法则的支配，在食物链里扮演自己的角色。

我不禁想到人类在社会这个舞台上扮演的角色。我们都希望自己出类拔萃，希望自己不平凡，可是社会这个环境要求人们活得趋同，茫茫人群中真正有几个能跳出这个环境造出的模板？所有波澜壮阔的举动，也不过是人在群体驱动下顺势的行为，多数时候我们能做的，也是扮演食物链里该有的角色。

我们都是身不由己又努力奔跑的动物

这片土地上的一切生灵都在按照物竞天择的脚本走着，这样的和谐就是最美的一场演出。

和迁徙队伍里各司其职的角色们不同，草原上的其他物种就要惬意很多。

马拉河那里一片血雨腥风的时候，脾气暴躁的水牛们正在目中无人地散步，狒狒们蹲在岩石顶上思考人生，或是大手大脚地闯进游客的帐篷拿吃的。我的最爱长颈鹿，睫毛扑闪的时候像是能扇出风来，也许是因为颀长的脖子把它们跟低处的纷杂隔离开了，眼神里总是有着更多的干净和清高。每次见到鹿群，总是要等候很久，为着见它们跑起来的样子。整个体态看上去明明是在奋不顾身地奔跑，可是传导神经太长，修长的四肢只能慢悠悠地配合，就像被人恶作剧按了慢放键。于是看见这幅极不协调的画面，每每要被自己的恶趣味乐得合不拢嘴。

每到夜深，帐篷外的世界就回到它的规矩里。大块头的犀牛经过，总是带着不耐烦的喘气声，从门口的灯柱上直接踩过，留下一片狼藉。再一会儿听见窸窸窣窣的奔跑声，就是狮子在捕猎了，被擒住的猎物发出一声嘶鸣，就再没了气儿。得意的丛林之王又收获一顿美餐，用一记响亮的吼声宣布它的霸主地位。每夜伴着这样的戏码入睡，觉得这个自然能带给人的安定，竟比任何睡前故事都要强。这片土地上的一切生灵都在按照物竞天择的脚本走着，这样的和谐就是最美的一场演出。

和动物相处的时间久了，就开始羡慕那些世代与它们为邻的人。马赛人简陋的村落就分散在茫茫草原上，艳丽的披风和琳琅挂饰把身体装饰得花哨，可是你不知道他们把鲜牛血当作饮料，男子的成年标志是要亲手猎杀一头狮子。当然，近年来环保组织的介入使得这个传统也慢慢绝迹了，何况他们的神灵是林间万物，对不可知的世界怀着极高崇拜。和自然的交融，是他们从祖先的血液里得来的传承，这个和城市文明渐行渐远的传承，却让他们的灵魂里保留了城市人永远不可能有的天真。

再回到自己的社会，我也习惯性地把人群区分成各不相同的动物。有耿直的社会主力军，也有精明的投机者，每个人的性格特征都带给他们不同的脸谱。在局限的社会框架里，过着千差百异的人生，这大概是我们能为自己做的最有趣的规划了吧。

如果时间停在暑假

Layla

当最薄的衣服从抽屉底层扒出来，杂志里开始大篇幅地换上海滩的照片时，我就像警觉的兔子竖起长耳朵：是暑假啊，暑假要来了！

暑假到啦，困兽出笼

这种阶段性的放纵，才给了人更多理由去享受当下，不牵挂以前和以后，只让心里和身上暖暖地晒太阳。

从小到大，盼得最勤的就是暑假。

太喜欢夏天了，夏天是最简单明了的季节。阳光把身边万物都晒得透透的，一切都很敞亮。那时候抗拒一切保养品，日头底下疯耍几个小时，晒得黑亮黑亮的，雀斑也悄悄冒上来，一点儿也不觉得不对劲。

小时候家教严，连每天看电视的时间都是掐着分钟算的。暑假在家，一觉醒来家长都出门了，于是电视敞开了看，呼朋唤友地看，边吃零食边看。《红楼梦》《西游记》《小龙人》《灌篮高手》和香港 TVB，如今依然如数家珍，这是我们这一代的青春。

只是这样的时间总是稍纵即逝，每当夕阳西下，父母回来前，都免不了进入一场兵荒马乱，把所有的东西复位，拼命地为电视扇风降温，把作业本摊开，稀稀落落写上几道问答……那时总以为自己掌控了一切，其实所有的现场都处理得那么拙劣。父母手一搭，眼神一扫，这一天的劣迹都暴露无遗。当然即使被揭穿，赏一顿罚，收敛几天又会进入同样的程序。

如今不再是学生了，可是对暑假的憧憬却保留了下来。春末，风里刚刚夹了一丝暖意，已经形成惯性的那份期待就自己跑出来，期待这个世界的饱和度变得越来越高，期待从地表升起的热量能驱散一点儿懒惰和倦怠，期待能换上鲜艳轻薄的衣衫，奔往杂志上、广告牌上的碧海蓝天。

大海和暑假是绝配。碧蓝大海之上，金色阳光之下，只容得下晒得古铜色的皮肤。每一个走在街上的人，心都已经飞到海滩。学校里出来的大孩子们，正盘算着去哪儿弄啤酒钱，小毛孩的家长也终于可以放下一本正经的面孔，在海滩上好好躺他个四仰八叉。

暑假之所以迷人，因为它是一年里能量最大的时候，身体里的困兽挣脱了束缚，在这两个月里肆无忌惮。但是它又有期限，太阳直射点终究会转移，新的轮回又要开始，你放出来的兽，最后还得哄它回去。这种阶段性的放纵，才给了人更多理由去享受当下，不牵挂以前和以后，只让心里和身上暖暖地晒太阳。

在克罗地亚做一只百无聊赖的海龟

那是一年里最可以用来放肆的日子，脚步走到哪儿，哪儿就是方向，连时间都不再重要了，时间是用来浪费的。

去年暑假，在克罗地亚的海岸线做了一次小小的公路旅行。

克罗地亚，名字听着挺熟，很少人指得出它在地图上的位置。这个国家身处各种话题都很少涉及的东欧。说它在亚得里亚海沿岸，大家都会觉得那是意大利，说它在巴尔干半岛，大家也只会联想到希腊。其实在这个欧洲人的消暑胜地，历史的醇厚和现代的慵懒一样也没有少。

Dubrovnik 近年来因成为《权力的游戏》中君临城的取景地而名声大噪。齐整恢宏的城镇、橘红色的砖瓦，王宫里的大腕儿每次或豪迈或忧愁地望向窗外，目光都要扫过这片标志性的屋顶。其实这些海边的石头房子和街道已经存

在十几个世纪了，和欧洲的大多数小国一样，卷进过无数历史旋涡。以前用来承载海上贸易的港口，现在迎接着一拨拨从游艇上走下来的游客，古老的教堂广场上颁布过不知道多少浩劫或是荣耀，如今被一间间咖啡馆里的香颂抚摸得软糯起来。

来 Dubrovnik 必做的一件事，就是在城墙顶上徒步。这道几世纪前由于防御需要筑起来的城墙，除了能往外看见敌军的来势，也能向内看见古城的全貌。这座小城背靠大山面朝大海，出了城门就是港口，从前贸易的昌盛，让东方来的丝绸和西方来的黄金在这儿频频转手。小城的地势从沿海的教堂和大广场一

路走高，形塑出一道道狭长的阶梯，沿途是青苔斑斑的石拱门和居民们精心栽植的花草，阶梯上的石板在植株的掩饰下影影绰绰，每一条都像是不知去处的迷宫通道。古城里的房屋统一顶着橘红色瓦片，似乎是亚得里亚海这一带的标准配置。太阳西下时，橙黄色的光线打在成片连着的屋檐上，浓烈得像剧中红袍女跳跃的火焰一般。

海岸线上布满了大大小小的岛，其中一个叫作 Hvar，据说许多欧洲贵族都来此度假。每天都有来自世界各地的人在码头等着轮渡，年轻学生刚踏上甲板就迫不及待脱了上衣晒起来，掏出当地招聘信息，琢磨着哪间旅馆在招服务生。从巴西带着夫人来度假的企业家，年过四十仍一身壮硕，已经在海岸线的城镇间待了小半个月，寻思岛上哪里有新鲜去处。大家带着对夏天的不同幻想，一头扎进这个精彩纷呈的小岛，各自规划着暑假。不过暑假的意义就在于，一切都不需要规划。那是一年里最可以用来放肆的日子，脚步走到哪儿，哪儿就是方向，连时间都不再重要了，时间是用来浪费的。

白天，在这样的小岛上还能干吗呢？除了穿上泳衣无止境地晒，就是躲进小店点一份冰激凌。穿西装拿通勤包的人都在另一个平行宇宙里，你在公共场合打个公事电话都要心怀惭愧。克罗地亚之所以成为欧洲的度假胜地，是因为它有着数不清的港口，荷载量不大但是风平浪静，刚好适合私人游艇和帆船

的短途航行。那些晒得黝黑的船主，最爱在甲板上支一把渔夫椅，透过墨镜看来来往往的小船把游客载往散落的小岛，喝着啤酒和着音乐就能过一天。有时候会路过几艘正在开party的游艇，男孩们搂着身材火辣的比基尼女郎，风华正茂的年纪，怎么挥洒荷尔蒙都是一道风景。

傍晚的时候，顺着教堂广场旁的石阶登上古老的城堡，从这里俯瞰整个小镇和港口，仿佛能看到时间运行的轨迹。你看着日头落下去，天色慢慢变得金黄，而后变成捉摸不透的紫红色。教堂的钟声就在这个时候应景地响起，餐厅酒肆像接到了指示般调大喇叭音量放起节奏分明的舞曲。夜晚的小镇，就像变脸一般突然灯红酒绿起来。

每到晚上，总有打扮清凉的人成群地出来参加 white party，这个铺着青石板的广场上突然就充满了仪式感。很喜欢观察这样的人群，他们入席的时候彬彬有礼地寒暄，几杯酒下肚音量就大了起来。女士们纷纷聚到一起，谈论异性和八卦，男人们的话题不外乎体育和夜生活。月亮爬过头顶，醉意开始弥散，渐渐解开的领结就和张扬起来的欲望一样明显。人这种食色动物，似乎觉得月光已经给了足够的掩护，而夏天的潮汐似乎带给他们更多魔力，欲望在这时候，是赤裸裸又美好的。

躺在小海湾的砾石上，变成了一只百无聊赖的海龟，心思已经不知道神游到了哪儿。身边的人懒懒地转过脸来问我在想什么，我说，多希望时间能停在暑假。

蒲甘，原始的神圣之地

一望无际的绿色水稻田，田间一座座拔地而起的佛塔寺院。诵经声和着虫鸣，使得空气也带上原始的神圣。而这些想象中的画面，全部都集中在一片叫蒲甘的平原上。

佛塔、摩托、商贩

蒲甘享有“四百万宝塔之城”的称号，佛塔数量超过居民人数，举目便是，密如蛛网。

在蒲甘做一个游客，最地道的方式就是弄一台电摩托。租车的时候向老板要一份地图，潦草的图上只标了几座佛塔。当时还嘟囔着说怎么可以这么草率，后来发现，不是制图的人不认真，而是这块土地有上千座大大小小的古迹，根本不可能标得过来。而且田野间到处是四岔的小路，随便沿着一条有车轨的小路走，都能在不远处看见耸起的塔尖。地图后来再也没有拿出来用过。

在哪儿也避不开做游客生意的商贩，这是没办法的事，毕竟脚步所到的地方，总是有人比你先到。只是在缅甸的时候，总觉得他们的商贩眼神中比别人多了一份干净，也许是国家开放还不太久的关系。而且，这是个全民信佛的国度，孩子们一定要在某个阶段被送去寺院里出家，跟着师父念“不窃取，不欺骗”的戒律，缅甸人做起游客生意来也不太霸道。不管是出租车司机还是景点外的小商贩，要起价来都不算太夸张，而且总是一脸笑意，让人厌恶不起来。

但套路总归有，首先他们会守在景点前，很直爽地向你道好，打起自来熟的哈哈，然后一路向你介绍景点，夸你好看。一路上有两次没拗住中了他们的招儿。一次在曼德勒城外渡口，另一次在蒲甘。

曼德勒城外有座叫因瓦的古城，需要坐渡船过去，然后换马车游览。渡船刚到岸，就有一个年轻姑娘迎了来，两句话之后开始兜售铜风铃等旅行纪念品。考虑到行李的重量，我马上就回绝了，姑娘改口说那一会儿买行吗，我边上马

车边随口应了个好。没想到这下就中了计，姑娘说你一定要买哦，然后不由分说跨上个自行车跟在马车后面骑了起来。马车跑在土路上，车后是持续不断扬起的尘土。姑娘跨着个快散架的自行车吃力地骑着，一边迎着尘土，一边还笑脸盈盈地指给我看沿路的景点。这根本是传说中的苦肉计嘛……

缅甸姑娘总爱用一种树的枝干磨出汁液，涂在两颊，用小枝勾出树叶的纹路。于是当她们笑起来，画出来的叶子也就高高堆起来，形状很好看。姑娘蹬着车，嘴里还不断重复着说我等你一会儿哦，一会儿你买了我的东西，是会得到祈福的。结果我在马车停下的第一处地方就挑了个最不重的风铃买走了，虽然知道给了太高的价，也实在不忍心让她在烈日下一直这么跟着。

回程的时候还在想这事，觉得这起码是个很有诚意的卖家，结果冷不防看见迎面来的另一辆马车，车上坐了一家三口，车后却跟了两个蹬自行车的姑娘。原来都是套路啊！刚在心里大喊上当了，可是转念又替这车上的三人一想，竟忍不住幸灾乐祸起来。我这跟了一个都够受了，他们还一下招惹了俩，这一路得多闹心啊。

黄昏、夕阳、男孩

仅次于土耳其的卡帕多西亚，蒲甘也是坐热气球的极佳地标。绿野晴空，佛塔万座，金光璀璨，美轮美奂。

在蒲甘，大大小小的佛塔周围也总是蹲守着小贩，佛塔越大，招揽生意的也越多。在蒲甘最常见的当地人就是街头艺术家，你好生自己骑个摩托在逛，就有个年轻人跟上来问你说要去哪儿，要不要他带路。如果你接了他的话，跟着的就又是套路了。这个年轻人一定会说他是个本地艺术家，平时很爱寻地方写生。你要去的景点人太多，什么也看不到，不如跟他去一个隐秘又安静的地方，保证不被打扰，当然最好能顺便买幅他的画。听到这里我一般就扬扬手骑走了，“艺术家”这个词被这样利用实在有点儿掉价。谁知道真正对着佛塔几十年如一日作画的那些人，对这套说辞有什么看法，又或者这里到底有没有纯粹的“艺术家”？

只有一次我买了这样的画。那是个黄昏，在一个很有名的景点——四面塔。快到落日的时间了，大家都在往看日落的另一座塔赶去。我那天心情很糟，不想挤在人堆里，于是趁着难得的清静时刻转转这个平时根本插不进脚的地方。

蒲甘的大部分佛塔都损毁严重，虽然外形基本还保留着，但里面的壁画却剥落得差不多了。前几年的地震又震毁了部分佛塔，其中包括藏有大量壁画的苏拉玛尼，佛塔中原有的泥灰雕塑是蒲甘最美的艺术作品之一，而今却再也见不到它的真容。而眼前的这座四面塔，虽然裸露着大面积的斑驳，但仍然可以隐约看到曾经的辉煌。残存了一半的壁画有的还带着饱满的色彩，四个朝向的门洞里，都竖立着形态各异的大佛雕像。

走进佛塔的时候没留意，被一个小男孩跟了上来。我不想讲话，在黑漆漆的通道里慢慢地走着，男孩似乎花了一段时间思考该怎么开口，走过几条走廊之后还是一本正经地替我介绍起来。这座塔供奉的是什么佛啦，这个房间原先是做什么用的啦，无非是些游客必备知识。倒是他指给我看的几处线条模糊的壁画，不经提醒我还真发现不了。看他一路走走晃晃也不赶时间的样子，我知道这个小同伴是甩不掉了，干脆让他陪着。

小男孩说他 15 岁，其实看起来只是十一二岁的样子，手上抱着一卷画，和任何景点门口的画没两样。黄昏时候的四面塔真安静啊，高高的悬梁上只有鸽子飞过的声音。光脚在地上走，黑暗中很难分辨哪里有鸟粪，哪里是干净的，走了一段以后也不管那么多了。男孩在前面带路，金黄的夕阳透过小门洞照进来，把他侧脸的轮廓照得发亮。那天下午刚刚经历了一场情绪崩溃，找了一处

僻静寺院一个人哭了很久。这会儿，男孩不多言的陪伴竟然让我感到了几分安慰，背后的目的都不重要了。可能是因为这样的关系极其简单吧，没有人际上的纠葛，没有要担心的羁绊，只是短短时间里，大家刚好都在此地的缘分。商业也好，套路也罢，其实在佛家眼里，没有什么比缘分来得重要。

男孩停下来给我指了一处门洞里的大象壁画，线条粗糙，却炯炯有神。西下的阳光这时刚好斜斜地打在壁画上，我在相机镜头里看见极美的光晕，让男孩站进去，给我做一回模特。男孩站在壁画前，很有镜头感地笑起来。我这才发现他的五官很清秀，笑起来的样子也好看。于是我的镜头里出现了这次行程里唯一一张人像，虽然只是个萍水相逢的小孩儿，他却被我定格在了那一刻，帮我记住了那个情绪复杂的黄昏，以及美到不像话的夕阳。

开往记忆的火车

Laula

火车，一个铁盒子，装满了人和故事，在既定的轨道中向前、向前，延伸、延伸……景致在身边不断变幻，草原、树林、桥洞、楼房……它穿过城市的心脏，穿过村庄的脉络。它如此平稳，把你摇进儿时的梦，它又如此平淡，掠过一切，搁置身后。

在我的记事本里，藏着一条从北京去往莫斯科的火车线路，无论是六天五夜漫长行程所带来的仪式感，还是穿越蒙古国、贝加尔湖时会遇到的壮阔，都对我有着致命的吸引力。至今我仍然没有达成这个愿望，但是在此之前，在意大利旅行时，我选择了全程火车预热。

坐火车去意大利五渔村，看斑斓的房子

推开阳台的门，小小的露台对着一半的海景和错落的屋顶，白色塑胶椅懒懒地摆在地上。

不知大家有没有体会，其实很多旅行都源于无意间看到的一张照片。打动你的或许是一栋可爱的建筑或是一片温柔的海滩，见到的那个瞬间，你就把心里的向往安上去了。五渔村就是这样一个地方，只因为被《国家地理杂志》的一组照片所震慑，就下定决心要去一趟，看看那斑斓的房子。

从罗马转机去都灵，花四个小时和一次中转才能抵达五渔村。意大利小城的火车站都没有电梯，拎着大箱子和相机在站台间上上下下，还被吉卜赛小偷瞄上，幸好被路过的一家意大利人救了场，看他们骂骂咧咧地把人轰走，不禁笑出声来。危险背后也总藏着一丝温暖。

五渔村的美是值得我这么折腾的。火车驶向沿海的方向后，眼里除了湛蓝的海水和依山而上的艳丽小楼外就再没有其他了。沿着石块铺就的街道走到旅馆楼下，发现大家都守着行李在排队。这里的房子实在狭窄，不管是人还是行李都必须由小工一趟趟地往上搬。这个小工看上去像是旅馆老板的邻居，15 岁上下，浅蓝色瞳孔，头发像所有住在海边的孩子一样金黄而卷曲。我的房间在最顶层，头几级楼梯虽然局促，但好歹能容一个人及一个箱子。后几层直接就只剩铁质的旋转楼梯，男孩把沉沉的箱子扛在肩上，还一边提醒我关注脚下。到了门口已经满身是汗，他把衣角撩起来擦了把脸，小麦色的皮肤亮晶晶的。我付了小费，推开阳台的门，小小的露台对着一半的海景和错落的屋顶，白色塑胶椅懒懒地摆在地上。

这就是地中海的假期啊，脑子里的声音在喊。

虽然像其他景点一样游人如织，但这里的巷道小而错综，很轻易就能找到一个僻静的地方让你好好发呆。五渔村由五个搭建在海边的村子排列而成，乍看上去有些相似，其实各有各的气质。早年的村子不像现在这样人口流动频繁，村民们在自己的聚落修建教堂、广场，甚至城堡，小小的村子承载了他们大部分的生活。楼下是热闹的咖啡馆和纪念品店，楼上风姿绰约的阿姨们就凭栏抽着烟，或是晒出洗好的床单，生活的节奏并没有因为越来越多的游客被打扰。

这五个村子之间有小路连接，或是在悬崖上或是在山林间，走了其中一段，上上下下的其实挺耗体力。人们使用最多的交通方式是火车，两站之间只需几分钟，班次也算频繁。只是碰上游客大军时，可怜的火车里挤成沙丁鱼罐头，大有我们的春运之势。

这一趟走下来，火车是使用最多的代步工具。不像地铁大多只在黑漆漆的地下隧道里跑，火车能给你更多的视觉福利，意大利中北部地区的田野、房屋，从色彩斑斓的小楼房到壮观恢宏的宗教建筑，在这里坐火车一点儿也不会无聊。

我坐在火车上，驶过了车外的你

说到火车，记得小时候每年寒暑假都要坐火车回老家探望外婆，那时候的道路建设不发达，现在只需要开三个小时的公路当时要坐七个小时的火车才能到，对于小孩子来说那是一段相当长的旅程呢。绿皮火车吭哧吭哧地跑，唯一能做的就是百无聊赖地数着时间，等到短暂靠站时，卖鸡爪以及各种风味的小贩会拥到车窗前来，这就是旅途上最开心的时刻，必须缠着大人买个一袋两袋，一边啃着一边期待下一次的靠站。

近年看过一部电影，印象很深，叫《少年斯派维的奇异旅行》。讲一个有着天才智商的 10 岁小孩以为自己闯了大祸，于是瞒着父母逃上运货的火车出走了。从生长起来的乡村到工厂林立的郊区到光怪陆离的大城市，小男孩以同龄人无法想象的程度飞速适应着，逼自己进化成新的角色。

大概因为导演的成长记忆里也伴着铁轨的轰隆声，影片用了很长笔墨描述火车上的那一段。小男孩藏在摆放广告道具的车厢里，用纸片做的一对夫妻挡住车窗。夜幕下，车窗外的灯光打在纸片上，俨然是一幅温馨幸福的家庭画面。小孩趴在车窗上，他说："也许在这些房子的一座里面，另一个小男孩正在被火车的声音惊醒。也许他会想，搭上火车、穿越沙漠会是怎样的景象。我有点

儿想跟他换换角色，看着火车驶向远方。”

小男孩委屈到憋着泪的脸跃然在屏幕上。

不禁想到曾经一次坐火车从曼谷去清迈的经历。那是一班过夜车，夜里出发，次日中午到达。清晨时，火车轰鸣，我从睡梦中醒来，看到对床的小女孩正自己梳着辫子，有些失神地看着窗外，好一会儿，她突然转过身，用中文问妈妈：“爸爸和妹妹会来车站接我们吗？我有一个小小的请求，我能和妹妹交换一个月吗？”妈妈的神情中写着微微的惊讶，但片刻后，还是对小女孩点点头，并摸了摸她扎好的小辫子。这对定居在曼谷的母女，正坐着火车去见在清迈的爸爸和妹妹。

下车后，站台上的人群挤走了这对母女，我没能见证那场团圆。又也许我潜意识里并不想亲历那样的场面，看到重逢的喜悦，也会想到离别的悲伤吧。就只在心里默默祝福她们吧。

有时候，生活把人们拽到一起，又分开，但火车会带着他们再度重逢。

有时候，生活从未让人们面对面相遇，但也许在某一时刻，我坐在火车上，驶过了车外的你。

平行人生

记得那阵子密集地看了许多关于平行宇宙的电影，比如《彗星来的那一夜》《前目的地》《星际穿越》。有的用量子力学解释，有的搬出了薛定谔的猫，无不是在试图证明这个世界除了三维空间外，还有其他维度的存在。

电影用了浪漫的手法，告诉我们那个察觉不到的空间里，也许正好有另一个自己在做不同的选择题，过着截然不同的人生。创造出这些作品的艺术家一定是有太多悬而未决的疑惑吧，执着于自己那些未完成的念想、那些错过的生命转折，寄希望于另一个平行世界里的自己，能够拾起并且很好地继承下去。

由于看多了这些平行空间的理论，我也渐渐有了各种幻觉，似乎在某些时刻能感应到另一个时空的自己，过着自己没有过上的生活。那段时间的梦里，常常有各种错落的记忆交织着假想出的场景，在脑子里挥之不去。

梦里我看见自己开着老式敞篷车，在哈瓦那的海滨大道上晒月光，突然车子七拐八弯地驶进了 19 世纪的街道。那些沿街建筑的屋檐走线优雅，离刚才的场景十分遥远，却是无比熟悉，开了很久才恍然发觉这里是曾经住过的巴黎里沃力大街。这样错乱的梦境让我产生一种难以言说的喜悦，我发现自己走过的路并没有被遗忘，而是被稳妥地安放在记忆中，经过一番巧妙的编排再呈现出来。呈现的时机常常很意外，可能是停在一个相似的加油站，可能是闻见一股熟悉的味道。这一场场突然闪回的记忆，无不是在提醒你，人生正在通过丰富起来的阅历越来越完整，人生也因为越来越广的宽度增加了更多可能性。

我是个贪心的人，总是渴望那些自己还没拥有的可能性。到一个陌生城市，

总是会对街头行色匆匆的人们久久观望，经过一扇敞开的窗常常就迈不动腿，幻想窗子里的人过着怎样的人生。这些可能一辈子也体会不到的“别人的生活”，像一针迷幻剂，深深吸引着我，让我一次次地走出自己的城市，走到那个未知世界里去。人只有一辈子可活真是太可惜了，如果有足够多的选择，我多想做那个在地中海边开着纯白民宿的当地人，在太平洋的小岛上当潜水教练，在纽约的摩登公寓里匆忙打着字，或是在世上任何一个地方过着任何一种不同生活的自己。

平行宇宙的理论之所以浪漫，就是因为它代表了无限多的可能性。你无法同时兼顾的人生，如果能有另一个自己帮你完成，那该省去多少选择。没有了“选错”的顾虑，人们就再也不会在重要的人生关口面前犹疑不决了吧。

然而现实生活中，没有什么能比“选择”更能影响人的一生了。最近听到一个基因决定论，说人从作为一个胚胎形态起，就有了自己的序列号——DNA。DNA 决定了你会拥有什么样的个性，并通过个性影响你人生中做的每一个选择。选择的必然性导致人的一生都可以预见，于是从还没有降生到人世的那时起，你就已经拿到了整场人生的剧本。

如果真有这样一个剧本，那我一定是被设定成了一个特别倔的人。小时候

顽皮，爱闯祸，闯祸之后从来不认错。别的孩子在父母面前哭鼻子道个歉就能免挨一顿揍，我偏要仰着脑袋不肯示弱。这种个性的小孩一生都要比别人多吃很多亏，那时候应该想不到那么远。后来呢，长大了一点儿，像世上所有的少女一样觉得爱情是顶天重要的事，所有的生活、所有的选择都应该向爱情妥协。那时候终于能变得温软一点儿了，再加上一直就不爱表达，大家都觉得这是个多乖巧的女孩呀，文文静静。当你觉得生命中有一个可以依附的人时，自己的主见似乎都不那么必要了。

这其实是很多人都会有的幻想吧，被人像泡沫一样地保护起来，什么选择都不要做，安安稳稳地过完一生。只是他们都没有意识到，或者故意忽略了一件事，每个人都是千差万别的独立个体，无论怎样被社会规则塑形，也很难有真正的统一。两个不同的生命体，也许会有那么几段完美的重合期，那是极大的幸运，精神契合的陪伴永远是美好的。然而一旦走过了重合期，生命的不同又要体现出来，这时候妥协的部分就要大于愉悦了。当然，妥协也是一种很重要的生存技能，你压抑自己的个性，让它更趋向于你要适应的环境或是人，很多长久的关系都因此而来。

所以，个性太倔的小孩这一生都会被个性影响，因为他们往往不肯妥协。这时候那个基因决定论就显得尤为有道理，冥冥中帮你解释了很多因果。佛说

“无为”，因为世事无常，所以不要费心去违背世界。佛还说“无我”，因为自我难把控，所以不要尝试去违背自己。这当然是成功学里最不能容忍的理论，却和严谨的生命科学不谋而合。如果人的选择都早已写在生命的脚本里，你就再不会为做过和将要做的选择产生怀疑。不管你选择的那一条路看上去再怎么和眼前的利益相悖，再怎么不为人理解，你也知道那是被自己内心驱动的、根本逃不开的选择。从心，听上去是个很任性的词，实际上却是这辈子能对自己做的最负责的事。从众一向容易，从心一直很难。

表面上看，基因决定论让人的生命很受束缚，如果整场人生都被谱写好，似乎就没有了折腾的必要，其实恰恰相反。人不能跟无形的力量对抗，正因为有这么一个无形的力量，所以你的心中永远存有敬畏。但人生的广度还是要靠折腾才能变宽，你攒足所有的力气在能折腾的年纪里四下伸展拳脚，把自己的世界折腾得大一点儿、再大一点儿，因为这就是你要待一辈子的世界啊。这个世界可以崎岖跌撞，视线里没有未来清晰的形状。这个世界里常常有超出你认知范围的意外出现，逼着你改变思想、一再拓宽包容度，接受一些之前的生命

里从没有过的状态。在这个世界里，每个新奇的转折背后也往往有生命的惊喜随之而来，你的前方是越来越广阔的路，只是一瞥就再也回不去原来的方向。

因为是自己折腾出来的世界，所以发生任何事也觉得是理所当然。这个世界有着前所未有的自由，当然也有困倦、孤独的时刻。有时候我会怪自己不够温和，不懂得借别人的力量让自己活得容易一点儿，这时候会看见那个倔脾气的小孩，顶着一脸的骄傲不肯妥协。这个倔脾气的小孩也在期待爱情、感恩爱情，那是人类最无私的感情之一，用陪伴和分享带给人无比喜悦。只是这样的感情里不会再有依附，不会为了妥协抹掉真实的个性。是呀，我终究是做到了为自己而活，尽了自己最大的能力顺从心意，如果那一点儿倔强是被安排进生命里必须要承受的，那就学会和它泰然相处吧。

再去想那些平行空间的别样生活，不禁觉得那是一种可爱的寄望。生命的无限可能允许我们放下顾虑做出不同选择，基因决定论又导致了选择的必然归属，而这其中的过程，才是掌握在自己手里的、活生生的生活。这个生活尽管有着不同的样貌，却没有重来的可能，所以我们要抓住每一分钟的时间，去尝尽可能多的喜乐烦忧。做一个贪心的人没什么不好，贪心的人才有力气去折腾，敢冒着风险去尝试，把有限的生命活成一场又一场的平行人生。

没头脑小姐的里约大冒险

Layla

布鲁身为一只鸟却不会飞——这是《里约大冒险》中的一个隐喻，大概在说人类在高速的城市生活中忘记了自己的本能。问题是，最终它找回飞翔的本能，是不是唯一对的结果？或许，我也会选择尝试做那只不会飞的鸟，每天缓缓爬上枝头，照常歌唱。那并没什么错，开心就好。

一刻的完美胜于一生的美好

“黑夜变白天，贫穷变富有，平庸变迷人，一刻的完美胜于一生的美好。”

——《列国图志之巴西》

我想去里约，这是看了《里约大冒险》之后种下的愿望。

冒险、狂欢、盛宴、桑巴嘉年华……每个词语都让人血脉偾张。扎到人群深处放肆吧！对自己说完，就迫不及待开始了折磨人的漫长飞行。

到达里约是下午，倒头睡去。再睁开眼，已进入了黑夜。

而这里的黑夜，在狂欢节期间，比白天更曼妙。我几乎马不停蹄地奔赴嘉年华会场。

里约的狂欢节太出名，全世界热爱party的人都来了，不分男女老幼，无关职业阶级。大家换上荧光小短裤，化上千姿百态的妆容，戴上不炫酷会死的假发和挂饰，兴致勃勃地出动了。

让我兴奋的，是大家参与狂欢节的状态。地铁里、街道上，城市的每个角落，都充斥着荷尔蒙即将爆棚的紧张感，表情亢奋的人们时不时抑制不住地号叫。

在里约，几乎每个人都是桑巴高手，最古老的城区以及贫民窟曼盖拉的棚屋里，有超过80个桑巴舞协会。早在狂欢节开始前六个月，人们已开始精心准备，扎花车、排舞、绘图，其中有二分之一的人不拿薪水，义务劳动，仅仅为参与这场狂欢。

里约的游行最壮观，但也最有距离感。你如果想和穿着妖艳的桑巴女郎有更亲密的接触，最好还是去别的城市。里约的桑巴游行其实是一场竞赛，分成普通组和特级组。最后两天的特级组表演展示的是城中最顶尖的12所桑巴学校，分别派出几千人的队伍和六台价值不菲的巨型花车，根据游行主题排列出功能不同的几十个方阵。浩浩荡荡的队伍边行进边展示，一个学校走完就要将近两个小时。这样的演出持续五天，每天都演出到早上六点结束。当然，最终胜出的学校会获得最高奖金和丰厚的赞助，让他们有资金和一整年的时间来准备下

一次竞赛。

竞赛的氛围让狂欢节与我想象中有一些出入，我提前撤出了会场，而这个决定，换来了新的惊喜。深夜街头，部分游行完的演员、酒兴正酣的人群、高度戒备的警察让这个城市一点儿也不乏味。身边的人都有着望尘莫及的体力，似乎永远挥霍不尽。而他们的脸上永远挂着的明媚笑容，让孤独的夜行者如我也感到了友好和温暖。加上一点儿酒精的作用，我的身体越来越放松，也越来越酥软，和周围的环境产生一种莫名的和谐感，所有的成见、不适都抛到脑后，看到的每个人都可爱无比。那一刻的感受，很像纪录片《列国图志之巴西》中描绘的：黑夜变白天，贫穷变富有，平庸变迷人，一刻的完美胜于一生的美好。

上帝之城到底有没有上帝？

今天是到里约的第二日，因为经历了第一天的独自闯荡，心中有了能搞定一切的自得，我整个人都放松了警惕，完全忘记了当地朋友的提醒——虽然里约是南美洲最安全的城市，游客多，警力也多，但是仍然要时刻小心抢劫的发生。

事实上为了安全考虑，我把酒店订在了号称里约富人区的伊帕内玛。巴萨诺瓦（Bossa Nova，一种融合巴西桑巴舞曲和美国酷派爵士的“新派爵士乐”）在20世纪60年代就发源于此，想说能创作出*The girl from Ipanema*这么风情的音乐，其环境必是不错的。

这日，我一直瞎转到天黑才想起要往回走，这座城市的迷人风景让我疏忽大意起来。那时，我一摸身上，没多少巴币了，只好顺着盘延的山路下去找地铁站。出地铁站后看了下手机地图，发现今晚要吃晚饭的烤肉店就在几百米开外的地方。我一天没吃东西了，肚子里实在没油水，离得老远就觉着闻到了烤肉味，低着头一顿猛走。

当时走的那条路在施工，没什么人，钻进人行通道时，身边只有一群穿短裤背心的小屁孩儿。

小屁孩儿！就是小屁孩儿！嘴里吆喝着“money、money”，枪口已经指向了我。他肤色很黑，天色又暗，只能从他攒在一块儿只露出一点点的眼白里看出神情里的凶光。怔在原地的当下，另一个小孩一个箭步向前拽下了我的双肩包，一群人哄笑着撒丫子跑远了。整个过程快得像什么都没发生一样，而我脑子里也只够闪现那一个念头——上帝之城到底有没有上帝？当我完好无损地站在那儿，我想是有的。

可能是过度惊吓让肾上腺素极度飙升，之后感到了一股前所未有的饿意，我竟然下意识地又往烤肉店的方向迈去。走出百米我才开始心疼起双肩包里装的相机，这两天小心翼翼千防万防还是没有保住，储存卡里的照片都还没导出来呢！一摸裤兜儿又乐了，刚才看完地图就把手机揣兜里了，手机保住了，我太机智了！还没高兴多久，我又想起来一件更重要的事，我的护照也在包里啊！姑娘我行走了这么多地方从没丢过护照，尚不知道问题的严重性，却也发现是件麻烦事，感觉还是上次心比较好。

这才不情不愿地往回走，心想或许几个小孩抢走包里值钱的东西会把包扔在什么地方。走出那条一个人也没有的通道，突然发现大街上已经挤满了人，戴假发的、穿粉红热裤的男生不知什么时候都冒出来了，简直不敢相信和我刚才待的地方只隔了几百米。更可恨的，街角居然还有执勤的警车，警察们都荷枪实弹地站着呢！可恶，刚才你们跑哪儿去了？没有人提醒我不要走那条路吗？！这下连我都觉得自己被抢得不可思议了！

一车警察只有一个勉强会讲点儿英文，明知道跟他讲我的遭遇已经没什么用了，我还是费劲地解释了一番。果然他没有掏出对讲机招来一

大帮警察，然后拉着警铃飙车去追逃犯，只是不可置信地问："刚才吗？难道就在这条街吗？你看见嫌犯长什么样、往哪儿跑了吗？"我当然形容不出，我只知道对方是一群巴西黑人长相的小孩，他们逃跑的路也已经被人群堵上了。能怎么办呢？

一句问候，卸掉一身盔甲

我生平第一次坐上了警车，在人群中挤出来的路上慢腾腾地挪去旅游警局。警车太招摇了，一路吸引着众人的目光，我刻意把窗子摇下来，撑一只手臂在车门上，好让人家看见我没戴手铐。狂欢的人们偶尔会拿一杯啤酒对我做举杯的动作，我也礼貌地回一个微笑。这时候了还在好面子也不知道图什么。警察估计这几天也忙得够呛，借着坐车的空当扒拉两口盒饭。我清楚地记得盒饭里有一块炸鸡，虽然凉掉了但还是散发着炸鸡的香味。

到了警局，我走程序地填了事发经过、财务遗失申报。警察拿出来两大本贴着附近惯犯头像的相册让我认，翻了一页又一页，全是差不多年纪的小孩，差不多的长相，我怎么可能认得出来？！今天是狂欢节的最后一天，全里约的罪犯们都知道此时是趁火打劫的最好时机，进进出出报案的人基本就没断过。走这一趟，我基本更加确定了东西找不回来的事实，这才想起来要给中国领事馆打个电话问问护照的事。

领馆有个24小时热线，工作人员听了我的遭遇，很热心地说：“还好你通知得早啊，明天就是春节了，我们本打算闭馆放假三天的，既然你这么着急就留一个人加班帮你吧。不过能不能帮到忙就不知道了，毕竟所有手续都要通过国内公安厅，国内放假可是一放就七天啊。”当！犹如一口大锅砸在头上，我这才意识到问题的严重性——如果光补个护照都要七天以上，那后面的行程不是都成了说笑了吗？

回到酒店，我跟前台大致讲了情况，让他给我补一张房卡。拖着疲惫到快要崩溃的身心回到房间，我才跟朋友们说我被抢了。朋友们都很替我着急，却不知该怎么帮忙。是啊，隔着遥远的距离办理手续烦琐的签证，我根本指望不上有人来拯救我，诉苦也只能徒增朋友的担心。这时有人来敲房门，我百般不情愿地去开了门，看见一个服务生端着一壶热茶和几块饼干，说前台的人怕我难过，特别差他送来的。我捧着那几块饼干就哭了，虽然这点儿吃的根本安抚不了这个倒霉晚上带来的伤心，可眼前这几块小小的饼干怎么会让我觉得这么感动啊……

第二天一早，我揣着留在房间里的几张美元出门了。本来没有护照是不能拿美元换巴币的，所幸昨晚被抢的事已经传开，值班经理直接拿他的 ID 帮我换了点儿巴币。我如约来到中国领事馆，铁门紧闭，门上贴着大大的放假告示。特地加班帮我补办证件的工作人员收了我的资料，临走交代我一句："赶快给国内的亲戚朋友打个电话吧，如果有办法就托个关系让国内公安厅的人加班帮个忙，不然等他们上班就是七天以后了。"

此时我坐在遥远异国空无一人的办事大厅，房间里的景象倒是和国内一模一样：贴着各种通知的玻璃窗台，窗台前面是摆着几排椅子的等候区，蓝色塑料椅子脏脏旧旧的，用铁架子一排排地固定住，上面还散落着填错了被人丢弃的表格。满屋子的椅子我却始终不肯坐下来，只是觉得太多事情悬而未决，每一秒都要思考下一步要怎么办，这时候仿佛全身的力气都要用来聚敛精神，一旦坐下，就泄了气了。

我机械地翻着手机，拨通了爸爸的电话，听筒里是热闹的背景和兴奋的声音："女儿新年好啊，走到哪里了，有没有吃年夜饭？"但我很久没有回话，因为我完全没意识到，这一天，竟是大年三十。爸爸大概以为信号中断了，不停地对着手机"喂、喂"。他不知道女儿此时有一百种情绪，可一种也说不出口，只觉得听到亲人的声音，所有的逞强都要崩塌了，仿佛卸掉了一身的盔甲。我攥着手机已经哽咽到发不出声音……

下次还会想来吗？——Sure！

一本美国旅行手册中这样提醒人们——走过贫民窟的街区时要像冲往厕所一样迅速经过这些地带。

这只是旅行路途上碰到的一个小小插曲，作为反面教材给大家提个醒，不是为了造成你们的心理阴影或是打消你们独自出行的念头。一个人行走的风险固然比较大，但也不是不能规避，只需提前做好功课。后来认识的生活在巴西的朋友告诉我，哪怕是巴西本地人都难免会遇上抢劫，抢着抢着就抢出经验了。选择随身物品时要长点心眼儿，越大的包越容易成为目标，贵重物品和证件尽量不要带在身上。走路时眼观六路耳听八方，往人多的地方走总是没错的。真要倒霉遇上了，就当是花钱消灾，不要为了钱财和歹徒拼命。当然，如果你攒了一身肌肉，对方又没有武器，权当练练身手也是可以的。

祸兮福所倚，福兮祸所伏，通过朋友的帮忙和缘分使然，我在巴西也结交到了很多朋友。有主动借我银行卡解决资金困难的，有接纳我大包小包住进家里的，有把酒言欢一醉解千愁的，有带我上山下海体验不一样的当地文化的。虽然后来没有去成阿根廷和心心念念的南极，临时改变计划在巴西境内也走了不少地方。虽然财物损失了，但人情温暖，收获满满。

旅行，对我来说，不是为了享受，也不全是为了看风景，更多的是一种体验。有满足、有兴奋，但你也得接受它的不顺遂。记得坐着警车回酒店的路上，年轻的警察不无好奇地问我：“你第一次来里约就碰到这么沮丧的事，下次还会想来吗？”我几乎脱口而出——“Sure”。这是一个放之四海而皆准的道理，世上有假恶丑也有真善美，如果只瞄着角落中的阴影而不敢迈步，那你的世界得有多小啊。

阳光之下，并无新事

我非常喜欢的加拿大传奇歌手、诗人莱昂纳德·科恩曾经有过一段禅修经历。他向禅师请求点化，禅师只说了一句话：“你应当唱得更悲伤。”这句话对科恩日后的创作影响很大，“悲伤”成为一种常态，也化作一种力量。

不念过去，不究未来，活在当下

刚从师父手里接过告别了一周的手机时，心里居然涌上一股强烈的不适。经过这段时间在清迈寺院里的禅修，我觉得终于想明白了什么是生活的本质，重要的觉知和无关的执念已经自己站好了队，而眼前这个冷冰冰的长方体，就是一切负担的来源。

那一刻，觉得自己脱俗得不行，不过得解决后面几天的住宿，不得不开机。于是在手机上翻翻找找几个小时，不知不觉中又能愉快地相处了……人的劣根性啊。

禅修这件事，并不是想象中的每天念经，听禅师教诲什么的。虽然有严格的作息，凌晨四点起，每天六点半一顿早饭，十点半一顿午饭后禁食固体。禁言，禁音乐、阅读和写作。傍晚跟住持汇报一天的情况，其余时间都要用来练习。说到练习，也不过是打坐和经行，从每次十五分钟交替进行，慢慢地加长时间，定力好的可以一次坚持个把小时。

当然，这些规矩我不是都守得住的，特别是睡眠不足这件事，往往一到下午就抵不住困，打坐的时候瞌睡起来。这是状态不好的时候，状态好时，这样的练习还是对思维训练很有帮助的。禅修讲究一个关键词：觉知。当专注力提高到一定程度的时候，就能慢慢找到自己的觉知，对身体、感受、内心、法念的觉知。

禅师常说，要找到觉知的状态

必须心无旁骛，不念过去、不究未来，专注于当下。坐禅时感受呼吸，行禅时感受步伐。一开始很难理解这状态，人的思维哪这么容易受控制，一不留神就跑远了。偶然在一个早上，钻到寺院深处一个鲜有人知的木佛堂，那个早上恰巧一切都刚刚好，我在空旷的大殿里行禅，突然就理解了什么是感受当下。人生，过去的都是财富，未来是无常，是彼时变得强大的自己要去胜任的挑战。而当下是什么，是脚下被晒得微微发热的木地板，是栅栏被阳光打出的形状，是虫鸣、树叶响、鸟儿拍动翅膀的声音，是身边白衣素衫的人们虔诚的冥想，以及擦过皮肤的体贴到不行的微风。还有什么比这更让人愿意感受当下?

不过对我来说，行禅总是比打坐容易，可能我天生就是个定力不好的人。同期的巴西女生说她打坐时常常有巨大的愉悦感，有时还能感受到身后一双大手慢慢环绕上来……简直太令人神往了。我把这种感受缺失归结于对信仰的排斥，虽然身在佛门，但我仍不是个信徒，几条戒律也是能违反的都违反了。其实那几日，我实在忍不住倾诉欲记了一些流水账，因为没有带纸进来只好撕了个包装壳写在纸板背面，俨然一股文字工作者的自得。以下是记录。

昨天听了比丘尼的教诲，凌晨四点乖乖爬起来练习。打坐的时候竟然没有睡着，一度以为进入了状态，欣喜起来。结果早饭后没扛住又在宿舍睡了一觉，

一睡就是一个半钟头。九点钟照例去木佛堂练习，阳光还是那么好，微风、鸟鸣，打坐的时候还是瞌睡，看见了很多幻象。神奇的是起身回去的路上出现了类似"觉知"的感受，脚步轻盈起来，目光聚敛。保持这感受回图书馆又练了两个钟头，行禅时，脚下的每一块大理石地砖都变成了一幅画，有抽象画、水墨画，甚至卡通画。并且每一幅画都能安插进我的人生故事中，真是太奇妙了。不过打坐依然无感，试了两次都失败后到了休息时间。想去寺院里的杂货铺买一杯酸奶，没开门，于是决定破个戒去庙外找找。

对于破戒这件事自以为不会有太多负罪感，也不是第一次了。不过当我一

身的白裳走在村子里时，总觉得大家都在用“哦，又一个扛不住的修士”这种眼神看着我。而且禅修的人有个习惯，任何动作都慢悠悠的，再心急脚步也快不起来。想说戒都破了干脆一不做二不休，又买了一块巧克力和一包花生豆，结果结账时头都不好意思抬。找了个自以为不会有人的地方吃起零食，吃到一半背后的人家骑着摩托回来了，我保持僵硬的姿势愣是没有回头。原来不会有负罪感这件事是假的，傍晚找比丘尼汇报之前因为精神压力太大破戒，然后回去又闷头睡了一觉。

天黑之前再去木佛堂，已经没什么人了。我就着太阳的余光又经行了半个小时，最后一个姑娘也离开了，只剩一只黑猫。那是一只好性格的母猫，对人友好，又有原则，楼下的公猫发情叫唤了半天她也只是冷眼看着。等天黑得差不多时，我开始闭上眼在佛堂里行禅，这样当我经过那些柱子时，常有迎面撞上未知的错觉，也是一种自娱自乐的快感。后来打坐时，黑猫过来试探了两下，就一屁股坐我腿上。黑漆漆的佛堂中，有一只暖暖的肚皮贴着身体也是件蛮美好的事。只是很快腿就麻了。我干脆把猫抱起来和她说话，我说，你真是个好姑娘，对人这么没有戒心。可是你看，我们现在这么亲密，一会儿我就不得不离开了，晚上大殿那儿还有法事。我说我要把我的新年愿望送给你，保有一颗享受自由的心和一双看见美的眼。以后我要叫你 S，因为你那么像我，你是我的 spirit，你是我的 shadow。 S 很有灵气，每当我问她问题时，她就缩一下爪子代表回答，我准备走的时候，轻轻和她说一声"Now, go"，她就起身走开了。

晚上的法事是佛斋日前夜的集体诵经，据说经文内容是强化戒律的。我心虚得没敢跟着念。到一半有点儿坐不住了，就开始东张西望起来，结果发现法堂上几个小和尚也没老实，互相掐着胳膊开小差儿。坐前排的和尚看上去道行深一点儿，闭着眼纹丝不动，不过显然有几个已经睡着了，脑袋都快贴着胸了。从窗口望出去，一个欧洲男修士在小佛龛前久久地站着，看上去满怀心事。我突然想起来今天是俗世那里的情人节，不知道他的心事跟这日子有没有关。后来回宿舍之前又去菩提树下走了一圈，这里也是我最喜欢的练习场所之一，特别是傍晚，透过矮墙能看到粉红色的晚霞，伴着村子里归家的人们传来的热闹动静。和菩萨拜别的时候，我对他说"Happy Valentine's Day"。一抬头，看见菩萨笑了。

记两次误机

我坐在坦桑尼亚那个名字很长的首都的某个高速公路旁的旅馆里，打发着去机场前的几个小时。预订的航班此时已经抵达上海，而我还留在这里。并没有什么依依不舍的浪漫故事，只是我经历了人生的第二次误机。深呼吸，让自己尽量保持平静，不希望身心在旅途接近终点时被意外情况引发的糟糕情绪所占据。

在印度，第一次经历误机

在印度星级酒店富丽堂皇的大门前，门卫把灰头土脸的我当成了亚裔员工。

四年前，在印度，我第一次经历误机。

完全是被当地人莫名的一套宇宙逻辑带得晕头转向，飞国际航班，我竟然提前40分钟才晃悠到机场，结果人家说柜台关了你再怎么求情也不会给你开的。那时候身上没有能提钱的卡，所有花销都是带去的美金在黑市上换的。因为要走了，所以剩下的现金都拿去买了重重的纪念品扛在身上。那种状况就是已经笃定要离开了，多留一分钟都嫌麻烦的状态。

结果地勤小哥说你今天走不了了，最近的航班在两天后。

印度那个地方是没有安全感可言的，作为一个游客你每天的功课都是和无赖的小贩争吵，维护自身利益。此刻身上没钱、手边没网，连个计划也没有，心里空得不知该如何是好。地勤小哥看我快要哭了，提议先把我送到附近的旅馆安顿下来。我说我连打车的钱都没了，他说那走到哪儿算哪儿吧。于是他开了个小差儿带我上了辆小三轮儿，就在机场旁边破破的黄土路上找了间小破旅馆。进去之后他用当地语跟老板叽叽呱呱说了一通话，回头告诉我旅馆钱他可以帮我垫付，但是他现在要回机场，让我等在这里直到他下班。

那会儿我对印度人特别是印度男人是极度不信任的，况且这地方也很难让人觉得踏实。不是对小破旅馆介意，当时一路下来住的都是小破旅馆，20 块钱一个标间，被褥脏到我都不敢用，全程枕着背包盖着外套睡觉。可能是被印度人的色心和咸猪手吓怕了，心理阴影太大，于是我觉得我一定不能待在这里，得找个机会逃。好在旅馆的前台有 Wi-Fi，我想起我订酒店的 APP 是绑定信用卡可以网上支付的，于是用最快的速度订了间最近的星级酒店。因为我没钱坐车，只能走去了。印度那会儿气温已经接近 40 摄氏度，我背着脏脏的背包，怀里揣着几幅带着玻璃和木框的画儿，在尘土飞扬的路上走得披头散发。

忘了走了多久，反正一路上百感交集。一直以来都是以有准备的姿态来面对整个行程的，哪怕有意外，哪怕有交锋，起码保持着主动应对的状态。但是

你已经在心理上做好告别，已经转过身了，这时候再来的打击则会让你特别脆弱。我就在那条黄土路上这么一路想着心事，一路走到酒店富丽堂皇的大门前。大概当时我看上去实在太“惨不忍睹”了，门卫完全没把我当成客人，给我指了条员工通道。一直到 check-in 完入住房间，在绿植环绕的泳池边喝到带着冰块的鸡尾酒，我都不能适应这种境遇的反差——突然从底层民众跳跃到了资产阶级的生活，体验到了久违的舒适。难怪大家都要成为资本的崇拜者，资本带来的体感那都是实实在在的啊！

但这也并不是什么值得骄傲的事……

达累斯萨拉姆，从活明白到活快乐

不知道你们有没有这种体会，当你结束一段很长的旅程，收拾好里里外外准备返回生活里时，突然出了状况被搁置，那种戛然而止的情绪其实比经济损失什么的更让人岔气。当然也怪不了别人，谁让我自己出发晚了呢。尤其在办事节奏慢的国度，人总是会被带得不靠谱。

我的第二次误机虽然没有四年前那么惨，但也是被搁置在了脏脏乱乱让人没有安全感的城市，也是做好了回归的心理建设后被背后一击。而且这次的旅行，似乎分量特别重。这一路辗转颠簸，光大大小小的飞机就坐了几十趟，更别提家常便饭一般的十几个小时的路途、各种没有路的路、无数个睁着眼睛的日出、从天上到海下的穿梭。我常跟人说要找到最棒的体验一定要跳出舒适圈，在精神上我一贯信奉如此，只是在身体上，长期待在舒适圈以外也是不太吃得消。

这次旅行也是一次很任性的旅行，任性地放下了手边的工作，任性地无视风言风语。可是我总有办法为我的任性找到理由，比如说，要享受快乐就意味着要牺牲点儿什么，比如说，每一天都该为自己的快乐赴汤蹈火。这个星球上每天都要经历那么多生死，不是每一个生命都能在历史上留下痕迹。人本来就很渺小，渺小到要苦苦找寻自己的价值。所以你再不去探索自己的生活，再不去想方设法过得快乐，你如何能找到活这一遭的价值呢?

生活本不该是什么大道理，生活是细琐的。人的情绪不能承载太多大道理，这是为何世上罕有圣人的原因。人的情绪是反复的，是易被影响的，有时候仁慈，有时候也要无理取闹。我们很难认定一件事就能义无反顾去执行，所以成功变得稀奇，所以快乐并不那么容易。可是哪怕你在无聊中找到一丝新鲜感，在无数失望的日子里拥有那么几天快乐，难道不也很值得庆幸吗？人活一遭的价值，有多少是在于改善这个社会、这个星球？大部分关起门来的日子，你都是为自己而活。活得明白未必能快乐，而活得快乐，则是大智慧了。

我与茵莱湖

Laila

梭罗有瓦尔登湖，我有茵莱湖。当我的手机掉到水里时，脑子里竟然蹿出这样的念头。显然我周围一英里内还有些人，显然我不会在这里待两年又两个月，显然我不是一个合格的隐士。不过，彻底忘掉手机和手机里的琐事，让我这样一个现代人有了“隐居”的仪式感。

无人之境

梭罗说：“我觉得一个人若生活得诚实，他一定是生活在一个遥远的地方了。”这个“遥远”，在我看来，就是与人群保持距离。

到缅甸的第二天，手机就掉进水里了，捞上来之后挣扎了几下，再也没开过机。心想这个没有通信工具的方式很缅甸，一路靠纸笔地图的方式又辗转了几个城市。住进茵莱湖上的旅馆，这里索性连 Wi-Fi 都坏了，彻底隔开了外面的世界。

结果这样的隔绝反而让我很着迷，赖在茵莱不想走了。这里不像中部平原那么炎热，太阳把人烤得像无处躲的蚂蚁。早上云还很厚，可以骑自行车在稻田间和附近山上转转。正骑得欢快，对面毫无征兆地奔来一匹没有缰绳的白马，一掏口袋发现没有手机，幸好包里装了一部柯达一次性相机，用两秒钟卷好胶片按下快门。不知道这部十年前产的塑料相机到底能不能洗出照片来，不然，那匹从天而降的白马只会是一阵幻觉罢了。

中午，旅馆里的住客大多出门了，偌大的地方突然安静到只适合发呆。这时候园丁从村子里变出来，跳进池塘清理水面上的浮草，我本想打开电脑进入工作状态，转念一想，我不是想好了要用这几天摒弃现代文明吗？于是干脆坐在湖边，关掉所有思想，任凭几种不同的鸟鸣在我耳边鸣唱。湖面平静的时候，像一面巨大的镜子，倒映云和远处的山，整个世界仿佛变得两倍那么大。脑子开始变得空空荡荡，身体变得轻飘飘，一切景致都似被一块橡皮擦得越来越模糊，眼前的这个无限宽广的世界，在变毛糙，在被虚化，我觉得自己仿佛进入了无人之境。

直到一艘长尾船载着操各国语言的游客往湖中间驶去，老板在码头上讲了一遍又一遍旅途愉快，我这才晃过神来，意识到自己已经在这里坐成了一块化石。一个“外来者”的突然闯入，让万千思绪又重新飞入了我的脑海，有城市生活的种种片段，有过往生活的点点痕迹，更有趣的是，甚至有很多关于未来的勾画都真实立体地出现在我眼前。

我想，刚才一定是发呆发到睡着了吧？我只是做了一个梦？不过后来在这

里待的几天，几乎每天都有这样一个固定的时刻，我会进入一个完全属于自己的空间，里面只有我与茵莱湖。

水上村庄

天上的光线和地上的车轮都在赶着离开。像我们，我们一辈子都在赶着离开。

有时候，我会让船夫带我去附近的村庄转转。记得第一次看到这些水上村庄的时候，着实被惊讶到了。以往见过的那些在亚马孙河上拿鳄鱼和树懒招揽生意的印第安人，或是马来西亚东部的渔民，都会在水面架起一座座木质的房屋，往远处延伸开去形成群落。可是像茵莱湖上这种规模的村庄，却出乎我的意料。

这里真的实实在在什么都有，有商店、船坞、学校、寺庙，甚至水上的农田和用竹筏在田间穿行的老农。一间间的屋子错落又有序地排列着，门前留出让船只通行的水道。如果有门牌，他们也一定是照着经纬顺序排着自己的编号。殷实的人家用木头或铁皮包裹房屋，或许还会漆上艳丽的颜色，种上鲜花，阶梯下停了好几艘长尾船。拮据的，只是用草席简单地遮挡起一小片地方，湖上也有风雨，稻草的纹路，甚至屋子的形状都已跟着风向开始倾斜。

这里的人是真的把全部生活都架在了水上，餐厅和酒吧门口迎来送往的不是四轮的汽车，是一艘艘长尾船。水草像街道一样，划分出一条条水路。忽地就有年轻的女孩从某处草丛后探出矮矮的船头，像是跨在自行车上的学生等着过某个路口。某几个瞬间，你会觉得这个社区和任何一个普通的村庄都没有两样，只是脚下的泥土变成了湖水。就好像一阵洪水突然袭来，所有的生活都被水隔离开。

我通常下午四五点前往村庄，此时村子里净是下了工回家的村民们，或是在商店里买了食材，正在临水的楼梯下杀鱼煮菜的人家。村民见惯了游客，会在目光交会的时候微笑道好，而迎着笑脸，我总是不好意思把相机举起来。这个地方像是罩了一层迷幻色彩，这些相似又不同的生活，和脑子里的认知有着微妙的错位感。我能想象多少游客会惊异于眼前的景象，现代人的行为模式总

是如批量生产般雷同，无趣到几桩八卦新闻都能乐道三五天，何况是当他们知道这世上还有和他们大相径庭的生活呢。

快要日落的时候，再蹬一辆自行车去附近的村庄拍长桥。这座用木板和木桩简单连接起来的桥，也连接了陆上和水上的生活：村民们骑着摩托车停在码头，换成长尾船回家去；或者一船船从水上归来，闻着饭香回到家人身旁。旅馆的人嘱咐我要在天黑前回来，这里晚上是没有路灯的，骑在小路上很危险。于是我总在天上还有一点儿金黄的时候就急匆匆往回走，回到稻田间，正是晚霞把天色染得通红的时候。

最喜欢粉色的天空，因为在城市越来越难见到，心里总把它当作一种异象。郊外的天显得特别低，没有高楼挡在我们之间，整个一片暖色的光好似就罩在头顶和肩上。霞光停留的时间很短，鬼魅般说走就走，所以每次我都看得很贪婪。可是脚下还要赶路，蹬了个老旧自行车骑到身体都在摇晃，我就这么一边在稻田里急行着一边盯着天空看，突然觉得这个画面很有趣。本是一幅乡间惬意景象，留在镜头里也是颇有意境，可是谁会知道，天上的光线和地上的车轮都在赶着离开。

我们一辈子都在赶着离开。

再见，你好!

Layla

港口的喧闹声还在脑后，回到房间，打开电视，新闻频道在放着世界各个城市的跨年仪式。这里的两点，东京时间刚刚迎来新年。之所以用东京时间对比，是因为去年此时，在日本札幌，是我第一次在异国跨年。

此时，南半球的塔斯马尼亚，我的第二个异国的跨年夜。一个念头钻入脑袋，不知自己还将经历多少个不归家的跨年夜，而那些散落四处的跨年愿望，是否都会实现？

塔斯马尼亚：自由的心，看见美的眼睛

无论上一年发生什么，总要说再见。而迎来新的一年，总是可以寄予美好。

并不喜欢在太热闹的地方度过有仪式感的时刻，上海太大，东京和悉尼也是如此。

去年的跨年夜，身在一个不算大的陌生城市——札幌。北海道神宫里挤满了前来新年祈愿的人们，安保在表参道拉起一道道截流线，于是神宫里钟声敲响时，我还在和人群一起留在黑漆漆的夜里。热闹的人群里大多是来祈求学业顺利的准考生，轻佻，推推搡搡，场面很像夏令营的晚上，男生们挤在一起玩笑。时间临近，大家都默默接受了来不及进神宫的命运，依然笑着，用日语大声倒数。零点时，手机里的音乐正好循环到我最爱的那首歌，顿时心满意足。

在神宫里依旧请了几个平安符，在绘马上写下新年愿望：但愿有一颗自由的心，以及一双看见美的眼睛。

果然，这一年就这么飘飘摇摇过去了，算是顺遂了心愿。

转眼又到了年底，刚到澳大利亚的时候还有人做伴，但城市换了一座又一座，朋友走了一拨又一拨，我还在这儿。快要跨年了，买了张机票一个人飞到最南端的塔斯马尼亚。

说起来也是丢人，在黄金海岸的时候立志要成为冲浪高手，可是冲了没几天就把脚崴了。看着并不严重，但走起路来还是痛得要命，带着满腔的不甘暂时成为残障人士。澳大利亚虽是休闲的国度，但大家都以强健的体魄为荣。城市建设本着鼓励运动的原则，细节到连马路信号灯都特别短促，有些地方根本像是为短跑冠军设的。正常人过个马路都恨不得一路小跑，像我这种光有冲刺的心的，只能干着急了。

选择飞到这座相对偏僻的小岛，也是图着可以以车代步。

地方小就是有这点好，没有高楼，随处可停车，要去的地方步行都不过百米。我用五天的时间走了一遍环岛线，除了下车拍照，大多时间都长在了车上。和之前在美国的公路旅行比起来，塔岛的风光着实不算太惊艳。但胜在人们谦和，好相处。和高速公路隔开好几十里的一处湖边住宿，老板看起来很乐于寻得一个说话的伴儿。他说，搬到这里的好处就是凡事都不着急，可以慢慢来。连开车也是，要为横穿马路的野生动物让道，而不是像高速路上那样撞得尸横遍野。

当一切慢下来，我也就忘记了受伤的脚，还有那颗随时准备冲刺的心。

奇幻马戏团

真正有意义的东西，未必会用具体的形象留在生命里。

果然如我所料，旅社老板非常健谈，闲聊中知道他之前一直在太阳马戏团里掌厨，跟着巡演了好几个城市。我开玩笑问他，你是给大象还是狮子做菜呢？他便哈哈笑起来。

说到马戏团，一直对它有种难以名状的情结。孩童时光迷恋奇幻、神秘的事物，几乎把它当作一个象征，总觉得每个帐篷的尖顶，每张巡演的海报背后都藏着秘密。后来看了《大象的眼泪》，发现马戏团游离在社会边缘，漂泊流浪对有些人如我是向往，而对有些人如马戏团里的他们可能是生活所迫。

那年夏天，在一个叫 Ajka 的小城也遇到了巡演的马戏团，溜进大篷车里，看到白马在吃草，大象慵懒地甩着鼻子。马戏团的神秘一定要跟偶遇有关，小城的电线杆上贴满海报，孩子们兴奋雀跃。际遇的巧合，本身就带着浪漫。而那次的错过，是不是也预示着缘分尚浅？

2016 年的最后一天，我为着对马戏团的迷恋又特地开回 Hobart，赶在旧年的最后一天看了场从莫斯科来的演出。虽然表演远没有太阳马戏团那样炫目，但我还是跟着小丑捧腹，仰着脑袋为空中飞人瞠目。身边坐着的都是小小孩，可也没觉得不自在。追逐快乐的方式有千百种，对于马戏团的小小迷恋，应该也无伤大雅。

说起来 Hobart 也是塔岛的最大城市，全澳洲的人们纷纷从各地飞来度假。还有每年定期举行的帆船比赛，数百只船从悉尼和墨尔本跨越海峡驶向这里，聚集在港口狂欢庆祝。不过人群再热闹，也只限于那片小小的码头。跨年的时候，码头上放起烟火，人们满怀热忱地喊起新年倒数。和去年一样，我来不及停车，并没有参与到熙攘的人群中。随便在一个禁停区踩了刹车，把窗摇下来拍照。好一会儿走来一个警察，他说，你知道今天晚上我不会开你罚单，但是你停在这儿会造成交通阻塞哦，新年快乐。我竟然觉得这个新年里第一个见到的人是如此可爱，忙道一声抱歉，你也新年快乐。

又开车去城郊的山上，闯进已过了开放时间的山顶公园。身边寂静无声，只有被惊动的动物们还在暗处跑动。拿手机一照，这不是传说中很难遇见的塔斯马尼亚恶魔吗？果然叫恶魔的都喜欢晚睡。观景台上尚能看到城市的灯火，隔着一层水雾，海湾大桥还在应付着过往的车流。我又想起去年的札幌，新年的第一个夜晚也是爬上一座关闭了的山，踩在滑手们用滑雪板压出来的野路上，一脚深一脚浅地往上攀。待坐下回顾城市烟火，觉得自己既享受了灯光的温暖，又给自己找了个秘密基地，心里盛满只有自己明白的情绪，暗自窃喜。

有时候，只要你乐意，其实有很多种方式哄自己开心。

很多人喜欢在新旧年交替的时候总结得失，其实这是件很要命的事。因为真正有意义的东西，未必会用具体的形象留在生命里。除了伸手能够到的，那些美好到让你想到就能笑出来的瞬间，难道不比其他东西珍贵吗？

虽然我是个不记事的人，但遇到那些瞬间，总是很刻意地让自己记下来。大到天空的颜色，小到人的眼神。你知道自己拥有这些瞬间，你就是个富有的人。

共勉，我爱的人们。大家新年快乐。

可以离开房子，可是要回家

Laufla

一天里最大的愉悦，于我，就是推开家的这扇门，沏一杯茶，坐在舒服的角落，将生活里的波澜收起，看着手里的水汽氤氲。

一天过去了。一天正要开始。

生活在这里戛然而止

朋友喜欢随意地散布在大料理台边，暖黄的灯光照耀着每个人的欢喜与沮丧。酒，我家从来不缺。

三年前见到 Ferran 的时候，我是他的业主。

酷暑天里在大上海东奔西跑，想给自己置办一个家。当时在网络上搜集了很多室内设计的案例，幻想着把它们放在自己的家里是个什么样的画面。看到 Ferran 在台北的一套作品，空间净简，特殊水泥的质感浓郁。当时就搜索到了这家公司的网址，办公地址在台北，于是给他们留了封邮件。

回信上说设计师本人这段时间刚好在上海，时间合适的话可以见一面。于是我马上买了一张机票回上海，见面那天，特地穿了一身灰色长衬衫，外束一件黑色马甲，想来能设计出这般空间的人，必定不会反感如此的搭配。那天相谈的气氛很好，设计公司的两位合伙人 Ferran 和 Teresa 都是投缘的人，正如他们的作品，有底蕴，不浮夸。当时觉得，我也想让自己的家有这样的气质。

几次台北和上海间的来往后，确定了设计方案。整个工程期间，Ferran 要不停地在两地来回，心里觉得不好意思，于是尽量让自己做个称职的东道主。常常在饭桌上有一嘴没一嘴地聊天，当时他说一直想来上海开一间工作室，这个城市很大，也很吸引人。我半开玩笑地说你来了我一定全力支持，做一名设计师也是我一直以来的梦想。后来我真的一本正经去念了中国美院的软装课程，啃着厚厚的教学资料，惊诧于这个领域不仅有各种缭眼的美丽，还有那么深的学问。

一年之后，家里的工程终于结束了。已经和我成为好友的 Ferran 和 Teresa 特地邀了一群朋友来上海暖房。我们去超市采购，厨师朋友搁下台北的店来给我们做菜，设计时特别考虑到的转角大料理台边挤满了因为缘分而结识的朋友们。暖黄色的灯光下大家觥筹交错，相谈甚欢，没有人提起男主人的缺席。桌子一边渐渐摆满了空酒瓶，感慨堆到发红的眼角边，我和大家拥抱说真的很高兴认识你们。那顿晚餐也是为我送行的晚餐，一周后我就离开了这个还没有熟悉起来的“家”，启程去了纽约。

一走就是一年。

其间，Ferran 带着这个案子走过了全球很多个设计评选现场，领回丰硕的收获。那年的台湾 TID 颁奖舞台上，当这个作品被宣布评为金奖时，大赛评委介绍说这是一个让人心绪平静的空间，仿佛时间都在这里凝结。乍听到这些褒奖还觉得有些抽象，因为我与它的相处太过短暂，尚未好好体会。与其说是家，不如说是房子。

生活从这里重新开始

你和家，其实是一体的。你搬不走一个房子，但是可以随身携带家的气质。

直到一年后，我再次推开门走进这个房子，情绪竟真的变得异常平静。“我回家了！”我几乎把这句话念叨出声来，这股自来熟也不知从何而来。我一下就陷入床榻，闭起了眼睛。这个房子，就那么猝不及防地，变成了我的家，毫不犹豫地盛住了疲惫的我。而那些往事，它已代我好好存放。

我终于知道为什么当初我执意要为自己的家挑选这么一种并不被太多人理解的风格。未来要朝夕相处的空间，必须符合自己的人生哲学。就像当年初见

Ferran 时的第一印象，这个空间是充满底蕴的，与一天中变幻的光线的协调，与流动的视线的互动，体现在每一处让人玩味的细节上。相反于华丽元素的堆叠，这个空间是简练又无比干净的，生活中的很多细琐都被归纳收藏进视线之外，目光接触到的，都是最朴素的表达和最想展现的气质。

朋友隔一段时间来小坐，总是不约而同地说一句话："来你这里，觉得时间都静止了。"我很想得意地告诉他们，没错，这就是我的人生观呀。这个世界看似飞速地变幻，其实自然的本质、人的本质不还是那副模样。人在流动时间里是相对静止的，一个人从出生到生命的终结，说到底也是一贯的模样，纵使展现着一千副面孔，也跳脱不开内心里最本源的那一面。

回国的这一年来，这个家里进驻过不少东西，有的是生命，有的是情感。我很欣喜于那些来来去去的快乐，走过一遭的，都会留下些什么。尘埃落定后，你看着这个空间又慢慢恢复到本来模样，你知道时间的脚步从来不会停止，而表面的平常里，其实生命的某处又被悄悄地烙印上了什么。

再次去台北，Ferran 问我，设计师的梦想还在吗？我说当然。

于是，后来的几个月，我们为这个计划细细地忙碌着，和这个城市慢慢相熟，

在很多的老房子中寻觅，挑选，再把自己心里的画面放进去。转眼又是一年夏天，在上海的这间小小的工作室也终于建成了。这里无论环境还是市场，都和台北很不一样，Ferran 还是如我第一次见到那样，待人含蓄，做事坚持。他说，来到这里势必要有新的尝试，可是我们不能放弃自己的风格和步调。我说是呀，其实我也一样，有许多就算很想也无法改变的坚持。

人生中有很多事情无法选择，但如果可以，一定要选择为生活的空间注入自己的气质。不是每件事都可以很华丽，但是生活的本质和华丽无关，生活的丰盛与否，在于你是否仔细，是否用心。

虽然如今与 Ferran 已是合作伙伴，但我依然很感谢他给了我一个用心的家，让我在那里的每一天都记得要用心生活。

只有时间知道

Laula

如果不是写这本书，我不会这么清晰地看见，时间走过的痕迹。

都说它是流动的，并且从不匀速。如果不精打细算地过日子，时间就要像水流般一往无前地流走，碰上难熬的情绪，它又慢吞吞不肯挪步。于是在一次次的交锋中，我发现时间一直是个高明的对手，你如何跟它过招，决定了你生命呈现的样子。

如果说有什么能勾勒出这个对手的面貌，我能想到的就是两年前看见的那场极光。

我们从挪威最北边的城市坐上一辆小面包车，一路穿越了瑞典和芬兰，一直追到能见着这个鬼魅景象的旷野里。开始的时候眼前只是一点点幽绿的光，肉眼很难辨清。继续等下去，绿色的光亮慢慢现出形状来，顺着一头找下去，竟然一直延伸到你的脑后，整个天空都被这条光带串联起来。这还是它含蓄的模样，更加张扬起来的极光，像个活物一样。所有文章都会用到“舞动的精灵”这个老套的比喻，此时也不知道有什么更贴切的说法。你一刻不敢闭上的眼睛，也跟不上它舞蹈的节奏。它的肢体一会儿伸向远方的地平线，一会儿像要降到地面上似的直直罩下来，近得你忍不住要伸手去触它。

最迷人的是，这样的舞蹈一秒钟也不会重复，它边走边舞，勾去了你痴痴傻傻的目光，然后像所有高傲的舞者一样拖着长长的裙尾离开，一定要撩得你贪恋不止，又只能对着暗淡下来的天空呆望。

如果把时间也看成有这般曼妙身姿的对手，似乎对阵的时候也会觉得有趣多了。只不过时间不会只在眼前卖弄一番就离开，时间是要在每个人身上打磨的，直到造出千奇百怪的样子。

小的时候，我对这个模糊的概念是畏惧的。那时候家规严格，傍晚之前必须到家，所以一直很不喜欢天光暗下来的时刻，认准了那就是一天的结束。长大了才发觉黄昏原来是场美丽的魔术，不仅天色妖娆，连天底下的一切都被染了色，温柔得难以抗拒。有时候半夜赶路，除了困倦之外竟会有股莫名的得意，自认为在战胜这个无形的规矩。飞机飞到跨了好几个时区的异乡，也从来不会慌张，倒是要好好玩味这多出来或者消逝掉的几个小时，好像它也终有被我掌

控的一天。

然而谁能够真正掌控时间？这是个有着无限耐心的对手，它会用漫长的光阴消磨你，不论是戾气还是抱负，你给自己的所有设定都会在化骨绵掌下变了样。王尔德在《自深深处》中说，一个道理，人可以片刻间顿然领悟，但又在沉甸甸地跟在后头的深更半夜里失去。要守住“灵魂所能登上的高峰”，谈何容易？我们思想着的是永恒，但慢慢通过的却是时间。

时间会让你为自己做的所有建设慢慢瓦解，变幻成你意想不到的样子。许多早年间设下的“人生规划”，最后通到哪里去了？而生命里有多少你不曾准备的章节，是被那双自说自话的手安排进来的？这个对手不仅不管你的意愿，它还要跟你纠缠一生。慢慢接受这个事实后，你就不会着急反抗它了。

人是注定要被时间改变模样的，处在变化中的人生，才是真实的人生。在该幼稚的时候放心幼稚，该犯傻的时候铆足了劲儿犯傻，该做出改变的时候，就要挥断一切不舍，变成你该变成的样子。从前一直不明白我为什么那么爱折腾，就不走那条别人眼里的平顺之路。最初以为只是憎恨平凡，但我其实也没有太大的抱负。后来发现，困扰着我的也并不是平凡，大多数人都要接受平凡。我只是无法忍受一眼就看见自己的整段人生，一切都没有变数。别人追求的安稳，在我可能就变成了折磨。

看电影的时候，但凡看见年迈的老人回顾一生的画面我都会红了眼眶。不是因为不忍心生命的老去，是因为看见这样那样的人生，在被压缩得短短的时间里狂奔。每个本来渺小的生命，因为幸运或不幸各自走上千回百转的漫漫长路，他们都不曾预料自己会被时间打造成什么样子，最后仰着老去的面孔和花白头发，回忆里净是生命里盛放一时的璀璨。

艺术作品里的人物要丰富，他的内心必定要有矛盾。他的生命要经历很多的过程，憨实的人变得圆滑，满腔激情到最后一切都看淡。现实中也是一样，人生必要经历很多阶段，才能走向完整。这样的转变指的不是个性，可能也无关理想，它指的是脑子运转的方式，指的是你看这个世界的眼光。

这本书因为我的懒惰慢吞吞地拖了两年之久，也正是因为这样，我有机会看见这两年里自己的变化，看见此刻脑子里的世界是怎样一步步成型。每个情绪都有安置它的时间点，有意外收获的喜，也有无法躲避的悲。每个人生阶段都跳不过去，值得安慰的是这些流逝的时间不是鬼魅，它总会给你留下什么。在每篇文章的字里行间，都有当时的状态、当时的世界观，其中一些现在已经不太能认同，但我还是把它留下来。这不是一本教科书，它的目的不是输出“正

确”的观点，它只是一本日记，见证了作用在我身上的时间，以及时间慢慢把我改变的痕迹。

意识应该是流动的，在流动间碰撞出生命力。好在时间也从来不曾静止，它像那道姿态摇曳的极光，拽着你起舞。生命的哲学就是，你要把时间当作对手，抑或是舞伴。你们赛跑，起舞，而你生命的所有，只有它全部知道。

图书在版编目（CIP）数据

只有时间知道 / 蕾拉小姐著 . 一北京：北京联合出版公司，2018.2（2018.4 重印）
ISBN 978-7-5596-1336-3

Ⅰ . ①只… Ⅱ . ①蕾… Ⅲ . ①随笔－作品集－中国－当代 Ⅳ . ① I267.1

中国版本图书馆 CIP 数据核字（2017）第 306129 号

只有时间知道

作　　者：蕾拉小姐
责任编辑：李征
内文设计：沐希设计
特约支持：郎雁平

北京联合出版公司出版
（北京市西城区德外大街 83 号楼 9 层　100088）
北京市雅迪彩色印刷有限公司印刷　新华书店经销
字数 180 千字　700 毫米 ×980 毫米　1/16　印张 16.5
2018 年 4 月第 1 版　2018 年 4 月第 2 次印刷
ISBN 978-7-5596-1336-3
定价：48.00 元
